오늘
걷지 않으면
내일은
뛰어야 한다

홍석연 엮음

오늘 걷지 않으면
내일은 뛰어야 한다

2014년 7월 25일 초판인쇄
2014년 7월 30일 초판발행
·
엮은이 | 홍석연
펴낸이 | 홍철부
펴낸데 | **문지사**
·
등록일 | 1978년 8월 11일(제3-50호)
·
서울특별시 은평구 갈현1동 423-16
영업팀 | 02)386-8451
편집팀 | 02)386-8452
팩 스 | 02)386-8453

값 14,000원

성공한 사람은 넘어지면 앞을 보고

실패한 사람은 뒤를 본다

contents

contens

제1장

장사는
기회를
놓치지
말아야
한다

1 | 인생이란 나쁜 일만 계속되지 않는다

우리 인간은 한 가지 일에 성공을 하게 되면,
자만심에 빠져 또 다른 사업에 도전해 보고
싶은 욕망에 사로 잡힌다.

세상을 살다보면 어느 시점에 이르러 자신의 삶에 대해 깊은 회의에 사로잡힌다.

"어쩌면, 나는 직업을 잘못 선택한 것이 아닌가?"

이는 대체로 인생의 갈림길에 섰을 때이며, 무슨 일을 해봐도 잘 되지 않는다든가, 뜻밖의 손실을 당한다든가, 좋지 못한 일에 말려드는 경우다.

그러한 시기에는 마음도 초조하지만 생각하는 것 모두가 들어맞지 않는다. 그리하여 더 낙심하게 되고, 마침내 나라는 존재는 세상으로부터 버림받은 폐인이 된 것이 아닌가 하는 자괴감에 자신감마저 잃게 된다.

하지만 그러한 인간의 심정과는 달리 시간은 용서 없이 흐르게 마련이다.

그와 같은 어려운 시기를 극복하고 회고해 보면

"정말 그 때는 내 운이 나쁜 시기였지. 운이 나쁠 때는 아무리 애써
　보아도 안 되는 것이니, 꾹 참고 기다려보는 수밖에는 별 도리가 없
　지 않은가?"
하고 자신의 어려웠던 한때를 돌이켜 본다.

　즉, 경기에 호경기와 불경기가 있듯이 인생에도 운·불운의 사이클
이 있어서 그 때마다 기쁨과 슬픔이 되풀이되지만, 인생은 그렇게 나
쁜 일만이 계속되지 않는다는 사실을 깨닫게 된다.

　하지만 이렇게 말했다고 해서 나 자신이 아무 것도 하지 않고 느긋
하게 기회만을 기다리며 인생을 달관하고 있다는 것은 아니다.

　어느 날 갑자기 천길 벼랑으로 떨어졌다면 그 사람은 다시 벼랑을
기어오르려고 노력할 것이며, 다음에는 벼랑으로 떨어지는 실수를 저
지르지 않도록 미리 방비를 하는 경험의 지혜를 배운다.

　그러나 아무리 노력을 해도 삶의 사이클을 완전히 극복할 수는 없
다. 기껏해야 저항력을 몸에 익히는 정도로 불운이란 도대체 어떤 것
인가를 자신에게 일깨워 주어서 슬기롭게 극복해 나가도록 할 수 있
을 따름이다. 또한 그럴 경우, 어떤 방법으로 노력했느냐에 따라서 그
타개책이 달라진다는 사실을 알게 되므로 타인보다 다소 노련해진다
는 것 뿐이다.

　나 자신은 나이를 더해 가면서 이렇다 할 성공을 모르고 있기 때문
에 감히 다른 사람들에게 교훈을 준다거나 지혜를 가르쳐 줄 자격이
없다고 생각하는 사람 중의 하나다. 그렇다고 하면, '거짓말 말라'고
누군가가 말할지도 모르겠지만, 나이를 먹어가면서 성공과 실패의 갈
림길을 제대로 모르고 있는 인생의 후반임을 고백하지 않을 수 없다.

우리 인간은 한 가지 일에 성공을 하면, 똑같은 삶의 여정에서 사업을 확대해 나가는데 흥미를 잃고 무분별하게 새로운 시도에 도전해 보고 싶은 쓸데 없는 욕망에 사로잡히는 것 또한 사실이다.

가까운 한 친구는 다니던 증권사에서 정년으로 퇴직한 후 우리 나라에서는 처음으로 오피스텔이라는 숙박업을 창업해 보기로 했다. 사업 목표는 업무차로 서울에 출장 온 사람들이 출장비 범위 내에서 숙박할 수 있는 싸고도 기능적인 간이호텔을 세우고, 거기에 '비즈니스 호텔'이란 이름을 붙일 작정이었다. 만약에 그가 진정한 사업가였다면, 새로운 기업의 큰 구멍을 발견했으므로 끝까지 이 외길에 몰두해서 오피스텔 만들기에 온 힘을 쏟았을 것이다. 그렇게 했더라면 지금쯤은 오피스텔의 오너가 되어 비교적 안정된 사업가로 발전되었지 않았을까 하는 마음이 든다.

그러나 그는 오피스텔 경영에 소극적이고 방만한 태도로 안주하였기 때문에 경영자로서 성공할 수 없는 좌절을 맛보아야 했다.

다음으로 그의 마음을 자극한 것은 해외에 공업단지를 만들어서 국내 기업을 이주시키는 일이었지만, 결국은 다시 한 번 초년생으로 돌아가서 쓰라린 경험으로 만족해야 했다.

이러한 그의 애매모호한 결단성 없는 태도는 사업가로서의 자질을 갖추지 못한 증거이며, 아직 사업가가 되지 못한 원인이기도 하다. 하지만 무엇이 인생의 목적이며, 무엇에 즐거움을 느끼는가 하는 가치관이 틀리기 때문에 아쉽지만 별 도리가 없다는 것으로 위안을 삼아야 했을 것이다.

그 대신에 성공이나 실패의 장면을 밟아보았다고 하는 점에서는 타인의 몇 배 정도의 삶을 살아왔다는 아픈 교훈을 얻었으리라.

만약에 나에게 사업의 실패나 불운에 대하여 말할 자격이 다소나마 있다고 한다면, 그것은 내 삶의 모순에서 생긴 것이라고 변명할 수밖에 없다.

▣ 어떻게 50대에 성공했을까?

레이 클록(54세에 햄버거 왕국을 이룩한 사람)은 수많은 아메리칸 드림의 성공담 중에서 그 만큼 특이한 존재는 더 이상 없을 것이다. 그래서인지 미국의 수없이 많은 책에서 그의 성공 비결을 다루고 있다.

클록의 성공 법칙은

① 늦는다는 말은 필요 없다.

② 정상에 오를 찬스는 가지각색임을 알아야 한다.

레이가 시카코에서 맥도널드 점포를 인수하여 시작한 것이 그의 나이 54세 때의 일이다. 레이는 제2의 인생, 진정한 레이 자신의 인생을 시작하여 세계 최고의 햄버거 왕국을 이룩하였다.

"인생에서 늦었다는 말은 없다."

2 | 경기의 흐름을 놓쳐서는 안 된다

인간이 자기의 직업이나 삶에 대하여 회의을 품게 되는 경우는 무
엇 때문일까? 그것은 그 진로가 잘못되어 있을 때이다. 지금까지 해
오던 일이 제대로 잘 풀리지 않는 시기이거나 주위로부터 극복하기
어려운 상처를 입었을 경우일 것이다.

그런 때는 외부의 정세와 관계없이 자기만 잘 안 되는 경우와 세상
모두가 그런 환경에 놓인 두 가지 형태가 있다. 주위 사람들 모두가
잘 안 되는 경우라면,

"어려운 세상이 됐군요."

하며 서로 위로는 할 수 있지만, 잘 안 되는 환경이나 도산 직전에까
지 절박한 상황은 피차 일반이므로 그와 같은 곤경에 어떻게 대처할
것인가 하는 결단에 부심하게 됨은 마찬가지다.

최근의 경제 흐름은 사회 전체의 분위기에 의해 큰 변화가 일어나
고 있는 실정이다. IMF 이후 줄곧 운영의 어려움에 직면하여 있는 기

업이나 공장이 속출하여 옆을 봐도 건너편을 둘러보아도 '나는 직업 선택을 잘못하지 않았는가?'라고 고개를 갸웃거리게 되는 시기라고 해도 좋을 것이다.

이러한 사이클의 역사를 돌이켜보면, 5, 60년에 한 번씩 정기적으로 되풀이됨을 알 수 있다. 이렇게 역사는 항상 반복되고 있다고는 단정할 수 없지만, 적어도 과거 백 년 사이에 두 번 그러한 시기가 있었음을 확인할 수 있다.

우리 나라의 경우, 지금으로부터 백여 년 전에 조선 왕조의 국권이 일본의 집요한 찬탈에 무너지고 식민지 시대가 도래하였다. 정치적 변동이 일어나면 곧이어 경제적 변동으로 이어진다고는 할 수 없지만, 5백 년 동안이나 계속되어 오던 왕권 체제가 무너지고 새로운 개혁이 도래됨으로써 사족계급은 커다란 타격을 받게 되고, 경제적인 유통은 일변해 버렸다.

이어서 1929년에 세계적으로 경제 공황이 일어났다. 우리 나라는 일본의 통치하에 있었으므로 민족 자본이 형성되어 있지 않아 금융공황이라는 거센 파도에 직면하지는 않았지만 침울한 사회적인 불행이 차례로 발생하는가 하면, 일본의 침략 정책은 만주사변, 지나사변, 대동아 전쟁으로까지 발전해 갔다. 그 저류에 세계적인 경제의 변화가 있음은 말할 것도 없다.

예컨대, 마르크스(Marx)가 『자본론』을 출판한 것이 1867년으로 런던의 빈민굴에 살고 있는 사람들의 생활 상태를 보고 힌트를 얻어서 쓰게 되었다는 설이 유력하다.

그 당시는 산업혁명의 진행에 의해 종래의 수공업적인 경영에서 공장 생산으로 이행이 시작되고 고용주와 직장인은 자본가와 노동자로 분리되어 바야흐로 자본가가 노동자를 고용해서 생산의 열매를 자신의 수중으로 집중시킨다고 하는 움직임을 보인 시대였다.

그리하여 마르크스는 노동자 계급은 착취 당하여 빈곤화되고, 소득과 부는 모두 자본가에게 집중되어 결국은 불황의 원인으로 자본주의가 붕괴된다고 하는 예언을 한 것이다.

그러나 실제로는 철도·선박 등의 개발에 힘 입어 점차 교통수단이 발달하고 다시 철공업 분야에 기술혁명이 일어나서 자본주의는 다시 반세기 동안에 걸쳐 주로 영국의 주도 하에서 번영하다가 1929년에 세계 대공황을 맞게 되었다.

자본주의는 마르크스의 예언대로 막다른 고비를 겪었지만, 붕괴되지는 않았다. 대공황으로 하여 세계는 극도의 불황에 빠지고, 어느 농가에서는 자기 딸을 팔아먹는 비참한 사건이 일어나기도 했지만, 우리의 국권을 빼앗은 일본은 군사력을 배경으로 대륙 침략에 돌진하게 되었다.

한편, 다른 선진국에서는 경기를 회복시키기 위하여 국가 재정을 바탕으로 해서 국민 경제에 크게 관여하게 되고, 드디어 공공투자 와 누진과세를 도입하는 대정부가 탄생하게 되었다. 그 중에서도 케인즈(Keynes:영국의 경제학자)이론을 실시 응용해서 훌륭히 경기를 바로 잡은 루즈벨트 대통령의 미국이 세계 경제의 주도권을 장악하기에 이르러 그 위세를 약 50년 동안 이어왔던 것이다.

그러나 호황의 1970년대가 끝날 무렵 대정부에 의한 경기 받침대가 완전히 그 효능을 상실하게 되었다. 또다시 불황에 빠진 국민 경제에 대하여 정부가 적자 재정을 무릅쓰고 막대한 재정지출을 단행 해도 경기는 회복의 기미를 보이지 않을 뿐더러 불황인대로 인플레만이 진행한다고 하는 스타그프레이션(stagflation:불황에서의 물가 상승현상) 상태로 어떤 나라에서나 인플레와 국가 재정의 큰 적자와 복지예산에 대한 국가적 책임과 실업의 증대가 한꺼번에 표면화되어 국민 생활에 타격을 주었다.

그러나 자본주의와 다른 체제를 선택한 공산주의 국가들은 자본주의의 다음에 오는 사회제도를 목표로 해서 탄생한 것이지만, 실제로 경영해 보니까, 국민이 일할 의욕을 저해하는 제도라는 것이 널리 알려지게 되었고, 또 '공산'이란 가난의 대명사가 아닌가? 하고 생각될 정도로 생산성 부진이 계속되었다. 더군다나 공산 국가가 몰락되면서 그 모순이 일거에 노출되었으므로 공산주의 체제를 국가의 기본으로 하려는 분위기는 거의 상실되고 말았다.

요컨대 공산주의 세계에서 지금까지 해 온 생산 양식과 사회 체제로는 도저히 지탱해 나갈 수 없는 한계선까지 도달했던 것이다.

한편 우리 나라는 일본의 패전과 아울러 미·소 두 진영의 힘 겨루기에 6.25동란이라는 민족 수난의 역사를 겪으며 세계 최하위의 빈민국으로 반쪽 정부를 수립할 수 있었다.

결국은 남북한이라는 이념과 체제가 다른 형태로 또다른 민족의 수난을 감당해야만 했다. 자본도 없는 빈곤국에서의 재출발이라고 하는 대변동이 있었지만, 1945년 해방에서부터 약 50여 년간 격동의 시대가 이어졌다. 정확히 말하면 우리 나라의 경제 체제는 이 격동의 30년 사이에 구축되었다고 불 수 있다.

대체로 한 인간의 일생 중에서 직업을 선택하거나 거기에 종사 하는 기간은 20세부터 60세까지이므로 대부분 사람들의 사업에 대한 체험은 1955년 경부터 시작된 일이다.

그 중에서 1945년부터 55년까지 격동기를 체험한 사람은 빈곤, 실업, 기아 등을 뼈저리게 알고 있지만, 그 이후 사회에 나온 사람은 혼란기나 정체기의 고통에 대해서는 다소 둔감하다고 할 수 있다.

그런 사람들에게 있어 이제부터 일어나려고 하는 급격한 사회 변화는 매우 쇼킹한 것이 될 가능성이 있다.

왜냐 하면 1955년부터 4반세기의 우리들이 체험한 사회 현상은 우리 나라는 물론 세계 역사상에 있어서도 또 세계의 경제사에 있어서도 대단히 특이한 변혁의 흐름이므로 그것을 토대로 하여 다음의 변화에 대처한다는 것은 매우 부적절하다고 생각되기 때문이다.

■ 두 재벌의 평범한 대화

그리스 선박왕 니알코스와 오나시스가 만났다.

니알코스가 오나시스에게 말했다.

"롤스로이스 최신형을 사려는데 같이 가겠나?"

"물론이지."

두 사람은 자동차 쇼룸에 도착, 동시에 2대를 주문했다.

니알코스가 종업원에게 말했다.

"시트는 최고급 가죽을 사용하고, 범퍼는 순금으로 하게."

계산서가 나오자 오나시스가 수표장을 꺼냈다.

그러자 니알코스가 황급히 말렸다.

"무슨 짓인가? 아까는 자네가 커피를 샀으니까, 이번에는 내가 낼 차례가 아닌가?"

3 | 성장 경제의 이모저모

해방 후의 우리 나라는 식량도 절대 부족했지만, 자원도
자본도 없고, 민주주의와 공산주의라는 이념의 극심한 갈등
속에서 죽기 아니면 살기라는 최악의 시대였다.

1960년대에 학교를 졸업한 사람들은 무엇보다도 취직의 어려움을 잘 알고 있을 것이다. 1910~40년대 식민지 지배하에서 살아온 사람들의 심정은 오늘날의 우리들에게 있어서는 문학 작품을 통해서만 엿볼 수 있지만, 세계2차대전 종전 후의 사정을 알고 있는 사람이라면, 다소는 그 체험을 되새기고 있을 것이다.

해방 후의 우리 나라는 3천만 인구, 식량도 절대 부족했지만, 자원도 자본도 없고, 민주주의와 공산주의라는 이념의 극심한 갈등 속에서 죽기 아니면 살기라는 최악의 시대였다.

그것이 10년이 지난 1965년 경에는 누구도 생각하지 못한 성장이 시작되고, 박정희 대통령의 군사 정권이 등장하면서부터 조국 근대화라는 기치를 들어 '새마을 운동'이라는 국민적 단합을 전개하면서 한국 경제의 기적적인 성장이 세계의 주목을 끌게 되었다.

이 시대에 취직을 한 사람이나 새 사업을 시작한 사람들은 바로 전

시대의 사람들의 입장에서 본다면, 전혀 상상조차 할 수 없을 정도로 기회의 혜택을 받고 있으며, 구직자나 구인자, 또는 자신이 사업을 시작한 사람들 모두가 노동력의 시장을 활성화시키는 시대에 맞는 대응책을 해 왔다고 볼 수 있다.

무엇보다도 우선 직업을 구한다는 것은 그다지 어려운 일이 아니었다. 단 자기 적성에 맞는 직업을 선택했는가 어떤가에 대해서는 의문점이 있지만, 새로운 사업을 시작한 사람이나 부모의 뒤를 이어 가업을 승계한 사람들도 65년대 이후에는 상당히 보람 있는 사업을 경영할 수 있었다고 생각된다.

이렇듯 경제가 급속히 성장하고 있을 때에는 '파이(π)' 전체가 날이 갈수록 커지므로 국민 한 사람 한 사람이 그 배당의 혜택을 받을 수 있다.

경제가 성장하고 있을 때는 그다지 많은 노력을 하지 않아도 매상은 연 20~30퍼센트 정도는 신장된다. 인플레 영향이 있으므로 가만히 있어도 판매가격이 올라서 임금 인상이나 간접 경비의 상승분을 보충할 수가 있다. 또 은행에서 융자를 얻어서 토지나 부동산을 사 놓으면 세 배, 다섯 배가 뛰므로 대출금 갚기가 용이하고 모르는 사이에 재산이 불어난다.

물론 그 반면에 시대에 뒤져서 도태당하는 사업이 있는가 하면, 생각하는 그 자체가 시대에 낙후되어 도산이라는 불행을 겪어야만 하는 사람도 있다. 그러나 그러한 사람도 성장 경제시대에는 전혀 예기치 않은 곳에서 도움을 받는 경우가 있고, 사업은 망하였으나 다른 방면으로 전업하는 일도 가능하였다.

특히 국민소득이 해마다 늘어날 때는 새 수요가 요구되므로 새로운 사업의 가능성이 있고 직업이나 직장을 바꾼다는 것은 곤란한 일이 아니었다.

1965년대의 사람들은 신규 사업을 하고 싶다는 선택의 폭이 넓었다. 다소 성급하기는 했지만 볼링장을 비롯해서 스포츠 용품점, 골프 도구 전문점, 카페, 보석상, 화랑, 학원 등등 생각해 보면, 그런 시대가 찾아와서 모든 사람들이 착상한 종류의 사업들이며, 그 후 영고성쇠가 뒤따른 업종들이다.

어느 시대이건 신규사업을 시작한다는 것은 쉬운 일이 아니지만, 이 때는 전업을 한다는 것이 비교적 수월했고, 또 전업을 했더라도 정착이 가능했던 시대였다.

그러나 실제로 많은 기업이 단행한 것은 전업이 아니라 경영의 다각화, 회사 업무의 환골탈태(換骨奪胎 : 형용이 좋은 방향으로 달라짐)였다. 한 업종의 사업을 변화없이 계속하고 있으면 그런 동안에 영업 부진으로 문을 닫게 되는 폐업 사태에 이르게 된다.

예를 들면 연료혁명이 일어나면 연탄가게에서 장작이나 숯을 사가는 고객이 없어진다. 그런가 하면 어느 사이에 프로판 가스 상점으로 바뀌고 있다. 그러나 프로판 가스 장사도 크게 발전할 기미가 안 보이면, 연탄 창고로 사용하던 넓은 토지는 아파트나 맨션을 세워서 수입의 다각화를 도모하게 된다.

영화와 섬유는 이 시대의 대표적인 사양산업이지만, 이런 기업에서 빠져나와 택시나 호텔, 부동산 등 다각 경영에 나서는 업체들이 많다. 그 덕택으로 겨우 살아남은 기업도 있다.

그러나 1975년대에 이르자, 이들 모두가 곤경에 빠지게 되었다. 직접적인 원인은 유류 파동이 계기가 되었지만, 실제로는 유가의 폭등만이 그 원인은 아니다. 유가 폭등에 의하여 세계가 일거에 불황의 밑바닥으로 추락했지만, 가장 영향을 많이 받아야 할 우리 나라는 이상하게도 그 속에서 경제 성장을 하였으나, 미국을 비롯한 유럽 각국은 좀체로 회복하지 못하고 있었다. 이것은 '대정부'로 끌고 온 선진국의 1930년 이래의 제도로는 이미 이렇게도 저렇게도 안 되는 막다른 곳에 도달했다는 결과이며, 에너지 문제가 해결되었다고 하더라도 타개할 전망이 없다는 것을 말해 주고 있다. 그러한 세계적인 불황과 성장 경제의 종말이 어쩌다가 일치된 까닭으로 양쪽의 총결산을 함께 하지 않으면 안 될 지경에 이르렀다고 할 수 있을 것이다.

어떻든 그다지 노력을 하지 않아도 연 20~30퍼센트 매상이 증가하는 환경은 어디로인가 사라져 버렸음이 확실하다. 그러나 코스트의 상승은 용서없이 닥쳐온다. 이대로라면 회사의 경영이 불가능한 기업이 속속 늘어나게 된다.

한편에서는 풀생산을 하고 있는 기업이 있는데, 어째서 자기 회사만 기울어져 가는가 하고 회의를 느끼게 된다. 실은 그러한 변화가 대다수 기업인들의 머리를 짓눌리고 있는 고민이다.

전후 좌우를 둘러봐도 모두 그러하므로 어느 정도 위로는 안 되는 것은 아니지만, 심각하게 대책을 강구해야 할 시기가 닥쳐왔다는 것에는 변함이 없다.

당신을 성공으로 이끄는 원동력은 바로 당신 마음 속에 잠재해 있는 힘이다. 당신이 지금은 돈이 없고 초라한 모습의 사람일지라도 불같은 욕망을 간직하고 있는 한 기회는 반드시 찾아올 것이다. 대다수의 사람들은 성공이 자신의 손아귀에 쥐어지기 바로 직전에 포기해 버린다. 이는 목적이 크든 작든 성공에 대한 시금석이다. 자기 일의 중요성에 대해서 생각하는 습관을 길러라. 그러면 불가능하게 보이는 일도 성취할 수 있다.

제 2 장

적응하지
못하는
자는
망한다

4 | 경기 흐름의 파도를 타라

변화의 흐름을 따른다는 것은 성장을 의미한다.
변화를 받아들여 적응하면서 계속
성장하는 사람은 최후에 승리자가 된다.

옛날에는 전반적으로 불경기라고 하면 모든 사업이 그 영향을 받았다. 경기가 좋아지면 극장의 청소부나 작업장의 인부에 이르기까지 모두 혜택을 입었다. 반대로 불경기가 되면 실업자가 거리에 넘쳐 흘렀다.

산업이 발전하여 고도 성장에 진입하게 되면 일거리가 많아져서 노동력은 날개 돋히게 팔리고 노동조합의 힘이 강해져서 마음대로 종업원을 해고시킬 수도 없다. 또 고용보험제도가 생겨서 실업자가 되어도 기아 선상을 헤매이게 되는 일이 줄어들었다. 경기·불경기는 경영자만이 민감하게 느낄 정도로 되어 버렸지만, 한편 경영자도 고도 성장이 지속되는 동안은 결정적인 실책을 하지 않는 한 도산의 쓰라림은 맛보지 않게 되었다.

그러나 70년 이후의 경기 동향을 보면 업종별의 움직임에 의해 왔음을 알 수 있다. 유류 쇼크로 세계 전체가 불황이라고 해도 유류업을 하고 있는 업자는 호황을 누렸다. 반대로 제조업은 코스트가 너무 상승해서 팔리지 않게 되어 이중 삼중고를 당하게 되었다.

이런 상황이라면 물건을 만드는 제조업보다는 물건을 파는 판매업쪽이 우위에 서게 된다. 강력한 판매력을 가진 도·소매, 대리점 등이이 시대의 총아가 아니었겠는가 하고 생각하게 된다. 사실 그러한 기미가 다분히 보였다.

그러나 풍향은 금방 바뀌었다. 우선 철강, 섬유, 식품에 이르기까지제조업에 위기감이 넘쳐 흘렀다. 텔레비젼이나 냉장고와 같은 전략상품, 코스트가 오른 만큼을 판매가에 얹어서 판매코자 하면 급속도로 매상 격감 현상이 일어난다. 그래서 제조업은 인력 감원을 단행하여 생산 경비를 낮추고 동시에 하청으로부터의 가격을 대폭 카트다운시켰다.

가격을 다운당한 하청업자는 살아남기 위하여서는 자기들도 코스트다운에 신경을 쓰지 않으면 안 되게 되었다. 그러한 필요성에 쫓긴 덕택으로 철저한 원료 절약과 노동력의 생산성이 추구되어 결과적으로우리 나라의 가전 생산업체는 세계에서 가장 현명하게 유류쇼크를 이겨 내는데 성공한 것이다. 따라서 10년 전과 지금의 사회계보를 비교해 보면 종업원이 반감되었는데도 매상은 반대로 배가되었다고 하는합리적인 사례를 엿볼 수 있다.

그 중에서도 에너지 절약과 무인화라는 신병기를 고안해서 기업의소생에 힘을 실어준 기계산업과 전자공업에 인기가 집중되어 반도체는 국익을 대변하는 세계적 업종으로 발전하고 있으며, 주가도 전례없는 고공 행진을 기록하고 있다.

그러나 한편으로 최종 소비의 신장에까지 힘입어 슈퍼나 백화점의 소매업은 사업이 확장되면서 레스토랑이나 바아 같은 물장수까지 호황을 맞게 된다.

예를 들면, 슈퍼체인 조합이나 백화점 회합에 가면 모두가 구매 충동을 끌 수 있는 새 상품 새 물건이 절대적으로 필요하다는 것을 화제로 해서 이야기를 시작한다. 건설업이나 건축 자재업자들도 똑같다.

그런데 공작기계 메이커나 기계판매업 회합을 보면 '금년은 모처럼의 호경기로 당사는 그 덕택으로 당초의 목표를 초과 달성하게 되었다.'는 인사말이 튀어 나온다. 똑같은 시기에 업자에 따라서 이렇게 한 목소리를 낼 수 있다는 경제 구조는 옛날과 크게 변하였다는 흐름을 엿볼 수 있다.

무엇보다도 우리 나라의 경우는 정부 주도하의 새마을 운동에 힘입어 국가 재건이라는 슬로건을 내 걸고 크고 작은 건설붐이 전국적으로 일어났다. 국책사업으로는 경부고속도로가 그 주도적인 역할을 감당해 냈다.

이러한 현상을 도대체 어떻게 규정지어야 할 것인가. 이는 경기의 기복을 성장의 물결로 보는 것보다 신·구 파도가 서로 밀고 밀리는 형세로 보는 것이 옳지 않은가 생각하게 된다. 경과해서 이만큼 풍요로워진 반면에 생활 물자의 소비 성향이 바뀌어감은 너무나 사실적이다.

백 톤의 송유선에서 인스턴트 라면에 이르기까지 수요만 있으면 즉시 공급할 수 있도록 생산 체제가 정비되고 설비 투자는 일순화되어 있어서 빠른 경기 회복을 그다지 기대할 수 없는 저성장의 길로 들어

선다. 그러므로 유류 쇼크와 같은 강렬한 자극이 없었다 하더라도 세계의 경기는 저조되었을 것이며, 세계 시장을 상대로 장사하는 우리나라 역시 예외는 아니었을 것이다.

즉 국가 재정의 지출을 주축으로 해서 공공투자나 외자 유치로 경기를 자극하는 방식으로 기적적인 발전을 했다고는 하지만, 고도 성장을 지향한 경제 역시 동맥경화와 같은 말기 현상에 이르렀다고 보는 것이 옳지 않을까 생각된다.

거기에 유류 쇼크가 내습했다. 원래 막바지까지 와 있던 케인즈[영국의 경제학자] 체제가 여기서 일거에 모순을 노출하게 된다.

이제는 '인플레이', '국가 재정의 적자', '복지정책의 적자', '실업'은 세계 어디를 가든지 예외가 아닌 공통의 병상이며 선진국일수록 중증이므로 기사 회생의 신비약이라도 발견하지 못하는 한 세계적인 불황에 휩쓸릴 것은 불가피하다.

◾ 대재벌의 비결

대재벌이 된 카네기에게 어떤 사람이 물었다.

"재벌이 된 비결을 말씀해 주시겠습니까?"

"플래시 덕분이지요."

"플래시라뇨?"

"일생동안 아침 일찍 일어날 때마다, 오늘은 무엇을 해야 할지를 일러주는 플래시가 내 마음 속에서 떠오릅니다. 나는 그 플래시가 시키는 대로만 하면 늘 성공하곤 했지요."

"플래시는 침묵 속의 훈계이자, 지시 같은 것이었습니다. 저는 그것
들을 겸허히 받아들였고, 그 결과 성공의 기쁨을 맛보았습니다."

5 | 에너지 절약과 가격 경쟁

오늘날과 같은 저성장, 높은 경쟁의 시대에는
새로운 시장의 창출, 고부가가치의 추구라는
질의 개념으로 승부해야 한다.

그러한 가운데에서 우리 나라의 인플레률이 다른 나라에 비하여 낮은 것은 공업의 생산성이 끊임없이 증대하고 있는 것과 밀접한 관계가 있다.

유류 쇼크에 의하여 침몰할 뻔한 우리 나라가 약체인 공업을 수면 위로 부상시킨 계기가 되었고, 손쉬운 의류와 가전제품을 비롯한 공산품에 경쟁력을 부여하게 된 것이다. 따라서 한국만은 세계적인 경제 쇼크에 빠져 죽지 않고도 소생된다는 것을 체험을 통해 알았지만, 이것을 적극적으로 추진해서 세계시장에 수출 공세를 펴기에는 아직도 갈 길이 먼 형편이다.

인플레에 대항하는 가장 유효 수단이 어떤 것인가는 이미 증명되었으므로, 미국을 비롯한 선진 공업 경영자가 에너지 절약과 무인화 방식을 채택한다는 것은 명확한 일이다. 따라서 이 방면의 산업은 이제부터 꽤 장기간에 걸쳐서 발전할 것은 틀림없을 것이다. 바로 '제3의 물결'이라고 한 것은 그런 의미에서이다. 우리에게는 책을 통해 낯익은 낱말이지만 공업 선진국으로 도약하는 이론적 근거로 언젠가는 우리도 틀림없이 그 물결에 휩싸이게 될 것이다.

그러나 선진 공업국 대열에 합류하게 될 때 대 메이커뿐만 아니라 중소의 하청기업까지 철저하게 자동화에 힘을 쓰게 된다면 어떤 현상이 일어날 것인가?

로보트의 채용은 우선 사람이 기피하는 작업이라든가, 많은 사람의 손을 필요로 하는 공정, 정확을 기하지 않으면 안 될 정밀 산업에서 우선적으로 채택할 것이다. 끝마무리를 사람의 손에 의뢰하지 않으면 안 될 공정에는, 물론 절대적으로 사람의 손을 필요로 하는 작업은 어쩔 수 없겠지만, 소량 다품종 공정, 예를 들면 자동차 생산 공정에서 옵션에 의한 특별한 작업, 각각 틀리는 부품 조립 정도의 작업은 기억 장치가 간단히 해결해 줄 것이다.

그렇게 되면 1백 명을 필요로 하는 공정이 몇 명으로도 되는 일도 있고, 비교적 복잡한 작업이라도 십 명 몫을 한 사람으로 해 낼 수 있게 된다. 따라서 생산이나 제조공정에서 노동력이 대량으로 배제되어 지금까지의 고용인 1만 명을 사용하던 공장이 5백 명만 있으면 충분하다든가, 지금까지 5백 명의 작업 인원이 십오 명으로도 해결된다는 획기적인 경비 절감으로 생산성을 높일 수 있을 것이다.

본래 변동이란 집중 호우처럼 내습하는 것이 아니다. 작은 공장에서 세 명, 다섯 명의 불필요한 인력이 정년이라든가, 정년을 앞당김으로서 인사 이동이 조용히 이루어진다.

마치 강의 상류에서 작은 빗방울이 모여서 시냇물이 되고 그것이 아래로 내려오면서 점차 큰 강이 되어가는 모습과 같다. 그러므로 하나하나를 보면 별것 아니지만, 십 년이란 기간을 두고 전체의 통계를 잡으면 공장에서 몇 백만이라는 인력이 사라지고, 사회 전체가 크게 변해 버린다는 것을 엿볼 수 있다.

어떻게든 얼마 안 되는 인원으로 공장이 가동되고 물건이 끊임없이 생산 제조된다. 저녁 퇴근 때 생산 라인의 기계가 작동하도록 스위치를 넣어두고 다음날 아침에 출근하면 필요한 만큼의 제품이 산적이 되어 출고를 기다리고 있다면 우리들의 통념을 대폭적으로 수정하지 않으면 안 될 것이다.

예를 들면 공장을 일주에 6일간 가동할 것인가, 아니면 5일 동안만 가동할 것인가 하는 논의는 성립되지 않게 된다는 뜻이다. 또 공장이라고 하면 오전 8시에 시작해서 오후 5시에 작업을 끝낸다는 일정도 불필요하게 된다. 사람이 없어도 공장은 생산을 할 수 있으며, 몇 시에 시작하건, 몇 시에 끝나건 간에 생산 목표에는 차질이 없다.

첫째, 매일 가동하면 생산 과잉으로 오히려 곤란한 일이 생기게 된다. 따라서 중요한 것은 공장을 가동하는 것이 아니라,

(1) 무엇을 만들어야 잘 팔릴 것인가.

(2) 어떤 상품을 얼마만큼 만들면 좋을까.

(3) 상품을 파는 데는 어떻게 해야 좋은가.

하는 결정이 주업무가 되며 상품 기획이나 시장 분석, 판매촉진이 생산 그 자체보다 훨씬 중요한 목표가 된다.

따라서 공장의 중요한 목표는 일단 만들기로 결정한 상품의 생산 공정을 어떤 형태로 추진시키면 보다 효율적으로 할 수 있는가를 연

구하는 일이며, 그것이 결정되면 다음은 필요한 만큼의 수량을 만들어 내는데 공장을 얼마 동안 가동시키면 되는가를 결정하면 된다.

즉 공장이란 주 5일 근무를 하는 동안에 수요에 따라 주 몇 시간을 가동시킬 것인가로 전환되고, "이 정도의 보수를 주지 않으면, 나는 근무하지 않겠다."고 큰 소리를 치는 고용자의 요구는 실정에 맞지 않는 것이 되어 버린다는 뜻이다.

■ 성공한 사람은 시간을 경영한다

영국의 사상가 아놀드 베네트는 아침 경영을 가능하게 하려면 이를 실행하는 사람으로부터 정신적인 충격을 받아야 한다며, 모든 것을 하루 아침에 이루려고 하지 말라는 충고를 한다. 아침을 경영하는 방법에 특별한 것은 없다. 건강한 육체와 정신을 만드는 토대를 아침에 다지는 것, 단 몇 분만이라도 자신만의 시간을 만들어 경영에 필요한 지적 소양과 전문성을 키우면서 사생활의 절도와 건강을 살려 나가는 것이다. 이러한 자세가 하루를 경영하는데 큰 자신감이 되고, 이런 아침이 모이면 달라진 자기의 인생을 발견할 수 있다는 것이다.

6 | 고속도로와 고속철도가 주는 교훈

■

새로운 생산 수단이 점차 발달하게 되면
제아무리 강력한 저항이 있더라도 인류는
그것을 받아들여 현명하게 이용한다.

그러면 왜 아무 저항도 없이 많은 노동자가 공장 현장에서 쫓겨나게 되는 것일까. 또한 쫓겨난 노동자는 실직자가 되어 집안에 침거해 버리는 것일까. 만약 우리의 사회제도가 지난날의 영국이나 현재의 미국과 같은 구조로 되어 있다면

"너는 내일부터 출근하지 않아도 된다."

고 한 마디로 끝내 버릴지도 모른다.

그렇게 되면 산업혁명이 일어나자 영국 노동자가 기계를 때려 부순 것과 같은 광경이 재현된다는 것도 충분히 생각할 수 있을 것이다. 한편 유럽 선진국에서 무인화 공장을 채용하는 과정에서 꽤나 심각한 사회 문제가 발생하고 정치적으로도 논란이 될 가능성이 농후하다고 예견할 수 있다.

그러나 새로운 생산 수단이 나타나고 발달되면 제아무리 강력한 저항이 있더라도 인류는 그것을 받아들여 현명하게 이용한 사람들은 부

38   제2장 적응하지 못하는 자는 망한다

를 이루고, 동시에 국가가 번영하고 있다는 사실을 알 수 있다.

우리 나라에 처음으로 고속도로가 도입되었을 때 도로의 간선이 통과하는 지점에 대해서 찬성한 지방과 반대한 지방이 있어 국가적으로 국론을 분열시키도 하였다. 반대한 지방은 산업화의 기반을 잃게 되어 낙후된 마을이나 소읍으로 남게 되었고 고속도로가 통과하는 작은 부락에 인구가 집중되어 새로운 도시로 발전할 수 있는 전환기를 맞았다.

이러한 현실을 우리들은 이미 전에 체험한 바 있고, 지금도 진행 중이다. 그럼에도 불구하고 고속철도라는 새로운 교통 수단이 출현하자, 역시 똑같이 반대하는 자가 나타났다. 반대하는 쪽은 대체로 현상 유지에서 출발하고 있음을 알 수 있다.

미래를 생각하지 않고 단지 현상에서 머물고 있으므로 본질적으로 보수적 성격을 가지고 있지만, 이상하게도 그런 사람의 태도란 늘 역설적이다. 비행장의 폭음 때문에 교실에서 선생님의 말소리가 안 들리게 된다던가, 닭이 놀라서 산란이 줄어든다든가 하는 마이너스면을 강조할 뿐이고, 한편 비행장이 확장됨으로써 사람이 모여들고 상업이 번창하는 매력은 눈을 가리고 귀를 막아 버린다.

그러므로 좁은 토지의 태반을 점유하고 있는 산을 깎아서라도 콘테이너 야드를 만들고 화물은 배로 입항하지만 사람은 비행기로 들어오고 있다. 그러한 여행자를 세계 속에서 집합시키지 않으면 나라의 경제 발전과 번영은 기대할 수 없으므로 비행장을 늘리자고 하면, 제발 그렇게 하라고 찬성하는 해당 지역 주민들 보다 이를 이용하여 자신의 입지를 높이려는 일부 정치가들의 반대에 힘입어 친환경론자들은 극렬한 투쟁을 일삼는다.

그런 점에서 실리주의의 작은 도시 국가인 싱가포르에서는 비행장의 확장에 반대하는 사람은 한 사람도 없다. 땅이 좁아서 다른 곳에 대체지가 없다는 곤란한 사정도 있지만, 비행기가 착륙할 장소가 없다면 지방이 번영할 수가 없다는 사실을 아이들도 알고 있다. 본래 중계무역으로 번영한 항구이며, 지금도 대륙 무역과 동남아 무역의 핵심적인 위치에 있다.

몇 년 전 신문지상에서 떠들고 있는 음반 복제에 대한 찬반에 대해서도 거의 같은 결과가 예상되었다. 음반 복제에 반대하는 쪽은 테이프에 녹음되므로 매상이 줄고 있는 레코드 회사이고, 거기에 수반하여 인세가 감소되는 작사가이거나 작곡가들이다. 레코드 회사가 작사가와 작곡가들을 표면에 내세워 저작권의 침해라고 항의하고 있지만, 세상의 반응은 반드시 그쪽에 동정을 보내지 않는다.

우선 첫째로 시디(CD) 한 장에 1만 원은 너무 비싸다고 누구나 생각하고 있기 때문이다.

둘째, 도서 대여점이 있듯이 PC를 이용하여 복제하는 것 역시 당연하다는 생각이며, 셋째로 노래나 음반을 카피하기 위해서 PC방을 임대하여도 테이프나 시디를 사는 것보다 싸게 먹히는 이상, 그것을 이용하는 것은 부득이한 일이라고 생각하고 있다.

새로운 생산 수단이 생겨났는데, 그것을 무조건 부정하려고 드는 것은 일종의 시대 착오다. 좋건 싫건 사회가 현실 그대로를 받아들이는 것은 명확하므로 오히려 그것을 전제로 하여 새로운 생산 과정이나 유통 시스템을 인출해 내는 방법이 실제적인 대책일 것이다.

이렇듯 새 정서에 적응할 수 없게 된 기업이나 국가는 모두 경제 위기에 처하게 되었다고 해야 옳을 것이다.

■ 인생이란 고통의 댓가를 지불하는 공연장이다

인생은 댓가이다. 당신은 인생으로부터 원하는 거의 모든 것을 노력으로 얻을 수 있다. 만약 당신 자신에게 주어지는 몫을 모두 다 차지하지 못한다면 무능하다는 말을 듣게 될 것이다. 아직 성공을 하지 못한 사람에게는 늘 역경이 닥치게 마련이다. 당신은 그 역경을 디딤돌로 삼아 성공을 쟁취해야 한다. 그러므로 당신 역시도 댓가를 지불할 마음가짐을 갖지 않으면 안 된다.

제3장

폐업하고
싶지만
폐업할 수
없다

7 | 상품 교체의 시기를 살펴라

∎

기업이란 시대의 변화에 좌우되는 생명체이다.
시대의 상황이 존재 가치를 결정하며 시대의
변화에 뒤지는 기업은 소멸할 수 밖에 없다.
그래서 기업은 인생적이다.

도서대여점이라는 업종이 번성하게 된 것은 한마디로 말해서 책값
이 너무 비싸기 때문이다. 8천 원의 책을 2일간 2천 원으로 빌리면 2
권 내지 3권 정도를 대여해 읽을 수 있다.

한편 도서대여점은 도매값으로 필요한 책을 매입하였으므로 세 명
이나 네 명에게 임대해 주면 본전이 되므로, 다음은 대여한 만큼 모두
이윤이 된다는 것이다.

이와 같은 이치는 희귀본에 대해서는 옛날과 같은 사본(寫本) 대신
에 카피한 영인본이 행하여지고 있지만, 일반 서적에 그와 같은 방법
이 응용되지 않고 있는 것은 지금으로서는 카피하는 것이 비싸게 먹
히기 때문이다.

한편 음반 테이프의 경우에도 당연 저작권이 있어서 무단 카피해서
파는 것은 타인의 저작권을 침해하는 것이 되지만, 카피한 것을 가지
고 자기 혼자서 즐기고 있다고 하면 이야기가 미묘해진다.

누가 카피를 했나 일일이 추적할 수가 없으므로 누구든지 타인의 저작권을 침해할 수 있는 입장에 있으므로 테이프 발매를 금지하는 것 외에 사실상 방지할 방법이 없는 것이다. 더구나 테이프를 팔 수 있고 펙(Peck)을 파는 음향기기 메이커가 레코드회사의 오너를 겸임하고 있으므로 자기의 손으로 자신의 신체를 묶는 행위를 할 리가 없다.

그렇다고 하면 레코드회사가 새로운 사태에 대비해서 스스로 변모하는 이외엔 방법이 없을 것이다.

레코드회사라고 하면 훌륭한 듯이 보이지만, 사실은 출판사와 흡사한데 무엇보다도 기획이 중요하다. 즉, 어떤 노래를 어느 가수에게 부르게 하느냐의 기획을 세워서 테이프에 싣는 것으로 태반의 작업은 끝나며, 그 뒤의 레코드 음반을 만드는 일은 하청을 준다. 더 극단적인 말로 하면 테이프에 싣는 일까지도 사람을 고용해서 하는데, 그것을 채용하는가 어떤가를 결정하는 것이 프로듀서가 하는 일인 경우도 있고, 다음은 어떤 방법으로 히트시켜 베스트 셀러로 만들어 내느냐 하는 일만 남아 있는 것이다.

그렇다면 프로들이 모여서 작업한 것이므로 출간 즉시 베스트 셀러가 되느냐 하면, 어디서 어떻게 대유행을 하는 것인지 본인들조차도 전혀 알 수 없는 현상이므로 조직도 경험도 실제로는 그다지 기대할 수 없는 것이다. 그러면서도 무의식 중에 조직과 경험에 의뢰하게 되어 전국적인 판매를 서점이나 지사를 통해 공급하게 되므로 제조 원가는 낮지만, 높은 가격을 책정하지 않으면 채산이 맞지 않는 사업이 되고 만다.

그러므로 도매점으로부터 공급 중단과 같은 도전을 받았다고 하면, 거기에 대응할 방법을 스스로 결정하지 않으면 영업의 위기를 느껴야 한다.

(1) 우선, 판매가를 채산이 안 맞을 정도로 인하한다.

(2) 자사 스스로가 직접 도서대여점을 개점해서 경쟁한다.

(3) 자연의 움직임에 맡기고 책의 매상 감소에 인내심을 가지고 견디어 내며 경비를 절약하고 규모를 축소한다.

이상의 대책 정도 밖에 생각할 수 없고, 그중 어느 것도 용납이 안 되면, 그 다음에는 도산의 시기가 닥쳐오기를 기다리는 도리밖에 없다. 아마도 기존 출판사는 그 체질로 봐서 (3)의 길을 택하게 되겠지만, 신규 출판사는 (1)의 길을 택할 것이다.

그것은 많은 출판사들 가운데 책상 하나에 전화 한 대, 직원은 사장 혼자인 출판사가 있는 것과 같은 이치로 기획을 파는 것 뿐이라면 대단한 자본도 들지 않을 것이며 경비도 극소로 절감할 수 있다.

단지 출판계에는 군소출판사를 성립시켜 주는 도매점이라는 유통업체가 역할을 담당하고 있지만, 레코드계에는 그것에 해당되는 중간 업체가 없다는 점이 다르다.

큰 레코드회사는 자체에서 각 시도 군별로 판매를 위한 지점망을 가지고 있으며, 군소 회사 중에는 그러한 레코드회사에 위탁 판매를 맡기고 있는 경우도 있지만, 동업자에게 위탁하는 것과 전문적 유통업자가 있어서 위탁하는 것과는 당연히 차이가 있다. 따라서 전국적으로 판매망을 가진 레코드회사가 배급회사로 전향하여 판매 경비를 들이지 않게 되면, 더불어 가요계는 지금보다 훨씬 번창해질 것으로 생각된다.

그러나 이러한 예상은 이해 관계가 없는 제3자에게는 가능하지만, 그 와중에 있는 사람들은 어림도 없는 소리라고 할 것이다. 즉, 레코드업계나 군소출판사도 선수 교체의 시기가 도달했다고 단정할 수 있다.

■ 우리는 성공으로 가는 여행자이다

자, 이제 우리의 길을 떠나자. 성공의 여행이 시작되는 것이다. 나는 당신을 밝은 인생의 여정으로 인도하는 안내자다. 모든 아름다운 여행은 가볍게 출발하는 것으로부터 시작한다. 우리의 출발도 그렇다. 우리의 행장은 가볍고 기분은 유쾌하다. 발걸음은 탄력이 넘치고 있으며 미지의 산봉우리와 계곡에 대한 기대와 예감으로 가벼운 흥분마저 느낀다. 우리의 목표는 성공이기 때문이다.

8 | 노동 인구의 이동과 새로운 직업

사장에게 가장 중요한 가치는 돈이나
물질보다는 개인적인 정열,
독특한 경험과 지식이다.

출판사와 레코드회사를 예로 들게 되었지만, 이것은 한 가지 본보기에 불과하다. 앞으로 제조업에 종사하고 있는 회사의 생산 공정에서 로보트가 대규모로 채용되어 몇 백만 명 이상의 인력이 불필요하게 된다면 사회 전체에 미치는 영향은 헤아릴 수 없게 될 것이다.

앞에서도 언급했듯이 생산 공정에서 일하는 사람이 불필요하게 되고, ① 무엇을 만들 것인가 하는 상품 기획과, ② 만든 물건을 어떻게 팔 것인가 하는 판매의 증강이 더 중요한 사항이 된다고 한다면, 거기에 따라서 발본적으로 인력 배치의 전환이 수행되어야 할 것이다.

한마디로 상품 기획이라고 하더라도 다음과 같은 제반 사항이 고려된다.

(1) 금후 어떤 상품이 팔릴 것인가.

(2) 새로운 아이디어는 없는가.

(3) 어떻게 하면 품질 개량이 가능한가.

이러한 일은 치밀한 두뇌와 판단력을 필요로 하므로 공장에서 일하고 있는 자를 당장 사무직으로 배치 전환할 수는 없다. 따라서 공장에서 일하고 있는 사람들을 같은 회사 안에서 다른 부문으로 자리를 바꾸든가, 혹은 방계회사로 이동, 또는 재취직을 하게 되지만, 어떻든지 생산 분야에서 유통 및 서비스 분야로의 분산, 대이동이 전개될 것이다.

이미 제1차 유류 쇼크 직후에 기업은 감량 경영으로 인원 삭감에 착수했다. 그 때문에 메이커 부분에서 서비스 쪽으로 이동한 사람은 몇 년 사이에 수십만 명에 달한 것으로 추정되고 있다. 이것이 다시 백만 명의 대이동을 하게 된다면 산업 구조에 혁명적인 대변동이 일어나지 않고 넘어갈 리가 없다.

예컨대, 제1차 유류 쇼크로 전국을 풍미하기 시작했다. 대기업에 취직을 선호하던 젊은이들이 호텔 종업원이나 레스토랑에 취업하게 되고 대학 출신자가 접시 나르는 일은 흔히 볼 수 있게 되었다.

무엇이든 붐이 일면 자기 페이스가 아니라 세상의 분위기에 부응하게 되는 경향이 있다. 교외에 대형 전문음식점이 번성하게 된 것은 그 지역에 신흥 주택이 들어서자 부근에 마땅한 먹거리가 없었던 것과 마이카 시대에 접어들면서부터 시골 구석에까지 러브호텔이 들어서게 된 것은 그다지 불편을 느끼지 않고 찾을 수 있다는 상업의 진공지대에 들어맞았기 때문이다.

그런데 그것이 두세 곳 잘 된다고 해서 눈사태 현상으로 불어났는데, 이는 아직도 업종의 다양한 선택이 창업으로 이어지지 못한 탓일 것이다.

고도 경제 성장의 휴유증으로 IMF라는 직격탄을 맞은 우리 경제에 있어서의 서비스업은 전체적으로 부진을 면치 못하고 침체되어 주위를 돌아봐도 모두 울상을 짓고 있다. 그런 가운데 또다시 몇 십만 명의 실업 인구가 생긴다고 하면, 보통의 상식밖에 없는 사람들은 아연해질 것이다.

그러나 경제 전체의 동향을 보고 있으면 제조 분야에서 시작하여 유통, 서비스 부문으로의 노동력 이동은 불가피한 현상이다.

이런 현상은 이미 포화 상태인 분야에 새로운 업종이 생겨서 과당경쟁이 전개된다는 뜻은 아니다. 그것이 가능하기 위해서는 형식적인 상법이나 상품을 끌어올 필요가 있으므로 기성 질서에 파괴적인 영향을 주어 정리를 강요하게 되는 것이다.

예를 들어 전후의 우리 나라는 한마디로 법인사회였다. 법인사회란 누진 과세제도가 적용되어 개인소득에 대하여 벌금과 같은 높은 세율을 적용하므로 그것을 회피하기 위해 사업하는 사람들이 방계회사라는 방파제를 만들어 세금을 피하는 편법을 말하는 것이다.

대기업은 물론이고 생선가게도, 잡화점도 세금을 적게 물기 위해서 회사조직으로 탈바꿈하여, 먹고 마시는 것, 관광여행, 해수욕장 을 찾는 기름값도 모두 회사의 경비로 떠넘기게 되었다. 이런 사회에서는 개인 소비보다도 법인 소비를 목표로 하는 장사가 번성한다.

또한 카바레나 클럽 또는 고급 요정에서도 회사명으로 사인을 하고 계산은 회사에서 지불한다는 것으로 유지된다. '먹고 마시는 낭비'라고 신문은 대서특필하고 있으나 이러한 교제비의 명목이 있음으로 해서 유지해 나가는 장사가 오히려 곳곳에 있다는 사실을 알아야 한다.

그러나 고도성장의 경제도 내리막으로 기울고 다시 유류 쇼크가 내습했을 때부터 법인사회에 조금씩 변화가 나타났다.

우선 돈 못 버는 기업이 교제비를 억제하기 시작했다. 이어서 재정 수입이 감소된 재무에서 교제비 과세 강화에 힘을 가해 왔다.

유흥업소를 대표하는 카바레가 적자 경영으로 전락하면서 고급 클럽이 쓰러지기 시작했다. 그런 상태에서 메이커가 서비스업으로 전환할 기회가 생겼다고 해서 신규 카바레나 고급클럽이 탄생할 리가 없다. 그 다음에 생김직한 요식업은 카바레나 클럽을 찾는 손님을 유치할 것은 틀림없지만 기존의 카바레나 클럽과는 차별화된 서비스 없이는 고객을 빼앗을 수 없다.

돌아보면 최근의 밤업체는 핵분열이 심하여 한마디로 말하면 월수입 5백만 원 정도의 호스테스들의 독립이 가장 성행한다는 것이다. 즉 고급클럽에 와서 몇 백만 원씩 지불하는 사장족이 훨씬 줄어들었다는 것이다. 매상고에 의한 배당을 받고 있는 호스테스가 위기에 처하게 되었다. 어떻게 해서든 업주가 요구하고 있는 그 선을 유지할 수 없을까 하고 노력하지만, 줄어만 가는 매상을 끌어올린다는 것은 용이한 일이 아니다.

단 한 가지 생각할 수 있는 것은 자기 자신이 점포를 열어서 업체에서 얻은 수입도 자기 수입에 가산하는 방법이다.

가령 매상의 20퍼센트를 배당 받는다고 하면 최소한 월 2천만 원 매상을 올려야만 비로소 4백만 원의 수입이 된다. 자기의 손님만으로 매월 2천만 원을 올리는 것은 어렵지만, 가령 그 정도의 매상을 올릴

능력이 있다면 독립하여 자신이 경영하는 점포에서 5백만 원이 아니라 그 이상의 수입도 얻을 수 있다는 계산이다. 그러기 위해서는 백 평이 넘는 비싼 점포에서 호스테스로 있는 것보다는 십 평이나 이십 평 정도의 공간을 확보하여 자기 점포를 가지는 쪽이 훨씬 유리하다.

그래서 단골 손님을 가진 호스테스들의 독립이 밤거리의 풍조가 되어 대도시에는 북에서 남으로 싼 곳을 찾아서 점포를 가지는 사람이 늘어나 밤의 인구가 이동한다. 점포 규모는 물론 스케일이 작은 업소가 잘 된다고 한다.

■ 가난은 계획이 필요없다

가난과 부는 흐름이 바뀌는 물줄기와 같다. 그러므로 모든 사람들은 이 인생의 물줄기의 존재를 알려고 매달린다. 때로 그것은 인간의 사고력을 통해 이루어질 수 있다. 그 사고력의 적극적인 감성은 행운을 수반하는 물줄기의 한 부분으로 나타난다. 소극적인 감정은 가난으로 떨어지게 하는 지류를 이룬다. 그러므로 부가 가난을 대신 할 때, 그 변화는 계획을 잘 세워 주의 깊게 수행함으로써 일어난다. 하지만 가난은 아무런 계획도 필요하지 않는다.

9 | 정리되는 운명업체

■

기업가는 변화를 탐구하고, 적극적으로 변화에
대응하며, 변화를 기회로 이용하는 사람을 말한다.

이와 같은 풍조가 물건을 파는 분야에서도 일어나고 있다.

흔히 신문이나 잡지에서 '경영고문(consultant)'이라는 직함으로 경영 진단을 하고 있는 기사를 접하게 되지만, 상점 중에서 진단을 받고 있는 업체에는 의류상이 많다. 지방도시에서 오랜 동안 의류상을 해 왔지만, 최근 두드러지게 매상이 줄어들었는데 어떻게 하면 실지 회복을 할 수 있을까 하는 질문에 대하여 경영고문 측에서는,

① 상품 구성을 바꾼다.

② 상품의 진열을 바꾼다.

③ 선전 광고의 방법을 바꾸어 본다.

고 하는 지도를 한다.

그 내용은 지도하는 사람에 따라서 방법이 다르다. 예컨대 진열을 바꾼다고 해도 백화점과 같이 하라든가, 전시장과 같은 세련된 방법을 권하는데 한하지 않고 도리어 상품 위에 또 상품을 쌓는다든가, 천

장에 매단다든가 하여 혼잡한 감을 느끼게 하는 편이 더 안정감을 주게 되므로 손님이 쉽게 매장을 출입할 수 있게 되어 업주는 고마워한다고도 써 있지만, 그런 기사를 읽을 때마다 과연 그럴까 하는 의문을 가지게 된다.

왜냐 하면 의류 상품이 가장 많이 등장한다는 사실은 말할 것도 없이 문제가 있는 상점이 많다는 것을 뜻하며, 구조 변화에 의하여 정리될 운명에 놓여 있는데, 그렇게 간단히 회복할 것인가 하는 문제점을 생각해 볼 일이다.

내가 알고 있는 어떤 의류 상인은 인구가 증가하고 있는 지방도시의 상점가에서 이미 이십 년 동안이나 장사를 하고 있다. 물건이 부족한 시절, 위성도시에 인구가 집중되던 시절에는 다른 사업과 마찬가지로 재미를 보아왔다. 장사가 잘 될 때에 주위 사람들의 권고를 듣고 인근의 땅도 사고, 아파트를 사기도 했으므로 전체적으로는 수지 상태가 좋았지만, 이미 십 년 전부터 의류상의 매상이 줄기 시작했다.

그 이유는

(1) 부근에 대형 할인매장이 생겨서 와이셔츠나 내의, 양말과 같은 일용품의 고객을 빼앗기게 되었다는 것.

(2) 고객의 기호가 갈수록 고급화되어 대도시 백화점에까지 먼 거리 쇼핑을 하는 사람이 늘었다는 것.

(3) 점포가 좁아서 실용품을 대대적으로 파는 가게로 전환할 수가 없고, 외국의 유명 제품만을 파는 전문점으로 바꾸기에는 지방도시에는 그럴만한 수요가 발생할 기미가 보이지 않는다.

(4) 지금과 같은 어중간한 장사를 하고 있으면, 종업원의 월급도

줄 수 없게 되고, 자신의 수입도 제대로 챙기지 못하게 될 것이다.

왜 그렇게 되는 것인가 하는 상담이 있었지만, 그 대답은 장사를 계속할 것이 아니라,

(1) 폐업을 하고 점포를 타인에게 임대한다.

(2) 전업해서 제과점이나 간이분식점을 경영하라고 권고했다.

의류상이 전혀 안 된다는 것이 아니라. 계속하려면 할인점이나 백화점도 생각하지 못하는 참신한 아이디어로 경영할 것, 그런 경우에도 장소를 다른 곳으로 옮기지 않으면 안 된다는 이유에서였다.

그러나 나에게 경영을 의논한 사람은 말뜻을 잘 이해했다고는 하지만, 어느 것 하나 실행하려고 하지 않았다. 가장 큰 이유는 오랜 동안 해 온 장사를 폐업하는 것에 부인이 적극 반대하기 때문이라고 말했다. 결국은 그것 때문에 생활비는 물론 자신의 수고비조차도 나오지 못하게 되어버렸다.

그래도 아직 장사를 계속하고 있는 것은 집세가 나가지 않기 때문일 것이다.

■ 루즈벨트 대통령의 휘파람

세련된 유머를 잘 구사했던 루즈벨트 대통령은 재임 시절에 단 한 번도 초조해 하거나 낙담하지 않은 것으로 유명하다.

다음은 어느 신문기자와의 대화 내용이다.

"걱정스럽다든가 마음이 초조할 때는 어떻게 마음을 가라앉히십니까?"

"휘파람을 붑니다."

"그렇지만 대통령께서 휘파람을 부는 것을 들었다는 사람이 없던데
요?"

"당연하지요. 아직 휘파람을 불지 않았으니까요."

10 | 소매업 수난의 세월

■

장사가 잘 될 때는 의욕도 왕성하고
신체도 건강해서 일의 능률이 향상된다.
그런데 풍향이 바뀌어서 순풍이 역풍으로
난조를 보이면 일뿐만 아니라 몸의
건강 상태도 이상하게 되어 버린다.

장사가 잘 안 되므로 폐업하고 싶다고 생각하면서도 폐업하지 못하고 있는 사람이 얼마나 되는 지 알 수 없다.

폐업하고자 하는 이유는 경우에 따라 다르다. 개인적인 사정에 의한 경우도 있지만, 사회 전체의 변화가 그 장사를 더 이상 유지 못하게 하는 형편도 있다. 양자 모두 관계가 없는 듯이 보이지만, 실제로는 서로 복잡하게 얽혀져 있다.

장사를 시작한 동기가 가업을 승계한 것이거나, 자기가 선택했거나 간에 영업이 잘 될 경우에는 의욕도 왕성하고 신체도 건강해서 더욱 잘 하려고 노력하기 때문에 일의 능률이 향상된다. 그런데 풍향이 바뀌어서 순풍이 역풍으로 갑자기 상태가 난조를 보이면 일뿐만 아니라 몸의 건강 상태도 이상하게 되어 버린다.

소매업자뿐만 아니라 도매업자, 생산업자에까지 큰 충격을 주고 유통 경로에 변화를 가져 오게 한 것은 뭐니뭐니해도 대형 할인매장의 출현일 것이다.

지금까지 슈퍼는 소매업으로 정착해서 일정한 형태를 가지고 유지하고 있지만 더 이상의 확대를 억제 당하는 형편에 놓여 있다. 대형 소매업의 경영자들은 '경쟁의 자유'를 방패로 삼아 반격에 나서고 있으나 내실은 대형 슈퍼에 이르기까지 거의 포화점에 도달했다고 봐야 하며, 대형 점포 끼리의 난립 난전이 방지된다는 의미에서 겨우 안심하고 있는 것이 아닌가 하는 속마음도 없는 것은 아니다.

따라서 이 기간 동안 계속된 대형 점포의 약육강식도 점차 종막에 이르렀지만, 여기까지의 나날은 소매업자에게 있어서는 그야말로 수난의 시대였다.

다만 수난의 시대라고 하지만 전업의 자유가 있으므로 누구든지 소매점 주인을 내놓고 대형 할인매장의 경영자가 될 수가 있었다.

슈퍼라는 유형은 원래 우리 나라에는 없었으므로 모두 타업종에서의 전업자였다는 것은 당연하지만, 재미있는 사실은 성공시켰다는 실례는 손가락으로 꼽을 정도 밖에 안 된다. 겨우 종래의 백화점이 자회사를 만들어서 슈퍼 부문을 담당시킨 것 정도이며, 세상의 변화에 따라서 할인매장을 비롯한 유통업체가 커져서 성장은 했지만, 아직도 업계의 1, 2위가 못 되고 있는 실정이다.

그러므로 '자본이 없으면' 하는 말은 무능력자의 변명이라고 하겠지만, 아무리 능력이 있는 자라도 사회에 큰 변혁이 일어나는 시기가 아니면, 도저히 단기간 내에 대기업의 창업자로 오를 수 없다.

공업이 발전하면 인구가 공업단지로 집중한다. 메이커는 수요에 따라 공장을 건설하는 한편, 전국에 사람을 파견하거나 광고를 통해 종업원을 모집한다.

젊은 사람들은 학교를 졸업함과 동시에 대도시 혹은 주변의 공업단지에 집단 취직을 하는 경향이고, 공업이 발전하는 지역에 사람이 이동하므로 같은 나라 안에서도 인구 과밀지대와 과소지대가 출현한다.

한편 공업은 높은 임금으로 타업종에 종사하고 사람을 빼내려고 하기 때문에 농업과 상업에 이르기까지 일손 부족이 점차 현저하게 확대되어 농촌에서는 노인과 부녀자의 농업이, 상업에서는 소규모의 할인매장, 즉 슈퍼의 발흥이 시작되었다.

물론 그 동안 슈퍼가 일손 부족이 원인이 되어 번창하게 된 것은 아니지만, 사회 전체로 인력 부족 현상이 일어나지 않았다면 저 정도로 급작스럽게 확대되지는 못했을 것이 아니겠는가 하는 생각은 슈퍼의 시작이 싸구려 가게였지만, 이들 가게가 출발하게 된 시점에서 다른 소매점과의 마찰은 끊이질 않았다.

예컨대 서울 청계천 뒷골목에 싸구려 전기제품 점포가 있었지만, 이곳 주인은 단 4평의 점포에서 연간 20억 원의 매상을 올리고 있었다. 그 과정에서 몇 차례나 다른 지역의 전기 상회들로부터 협박을 받았다.

또 집단적으로 메이커에 압력을 넣어 출하를 정지시킨 기록도 남아 있다. 할인 판매가 같은 지역의 상권을 빼앗아 생존을 위협한다고 생각했기 때문이다.

이와 같은 사례의 할인점 진출이 지방 도시에서도 발생하였다. 만약 같은 시기에 상업에서 공업으로 인구 이동이 일어나지 않았다고 하면, 상업으로 밥을 먹고 있는 사람들은 자기들의 생존권을 지키기 위하여 죽을 힘을 다해 슈퍼와 싸웠을 것이다.

■ 호텔왕 C.N 힐튼의 성공 법칙

1) 손님의 요구를 미리 충족시킨다.
2) 다른 사람이 뒤로 물러날 때는 밀어붙이고, 상대가 밀어붙일 때는 물러난다.
3) 남들이 하지 않는 것을 한다.
4) 어둠 다음에 오는 새벽을 생각한다.

11 | 덤핑판매와 대량판매의 성공

■

성공한 사장들은 제품개발, 판매 이익 등 모든
것이 직원들의 노력과 마음이라는 사실을 잘 알고
있는 사람들이다.

또 하나의 예로 슈퍼의 전국 석권을 용이하게 한 것은 공업의 급속한 발전에 의한 유통 구조의 변화일 것이다. 지금도 메이커에서 나오는 가격과 소매 가격 사이에 폭이 너무 크다는 말을 듣고 있지만, 산업계에 이렇다 할 변화가 없을 때는 농업이나 공업, 상업에서 일하는 사람들의 비율이 거의 일치하고 있어서 그들을 교육시키기 위하여 분배되는 자금도 거의 한정되어 있다.

예를 들면 물건의 값이 소매값으로 1만원이라고 한다면, 대체로 메이커의 생산 원가는 3분의 1이며, 만들어 낸 제품에 모든 경비를 얹어 판매회사에 건너가는 가격이 5천 원에서 5천 5백 원이 된다. 또한 판매회사에서 도매상으로 건너가는 값이 6천 원이라고 하면, 도매상에서 소매상으로 넘어가는 값은 6천 5백 원에서 7천 원 정도가 될 것이다.

메이커에서 비교적 마진이 높은 물건을 만들기까지 많은 경비가 들기 때문이며 또 팔리지 않을 경우 재고 비용까지 생산비에 포함시킨다. 도매상의 마진이 비교적 낮은 것은 팔리는 상품을 필요한 만큼만 사입하면 되고, 또 소매점을 몇 백 개나 거래하고 있기 때문에 제품 한 개당의 마진이 적다고 하더라도 양으로 충분히 커버할 수 있다. 반대로 소매점의 마진이 비교적 높은 것은 점포의 매상에 한계가 있고, 제품의 마진이 크더라도 결국은 대단한 수입이 되지 못하기 때문이다.

이러한 원칙이 작용하고 있기 때문에 물건의 가치에 좌우되지만, 메이커, 도매상, 소매점의 마진율은 대체로 정해져 있다. 대량으로 소비되는 식품 등의 마진은 낮고, 돈의 부피는 높아도 좀처럼 팔리지 않는 사치품의 마진은 큰 것이 보통이다.

그러나 기술 혁신에 의하여 양산이 가능해지고, 다른 쪽에서 매년 소득 수준이 높아지면서 기존의 마진 비율을 파괴하려는 작용이 생긴다. 가격 1만 원짜리 상품을 3천 3백 원으로 만들어서 5천 5백 원에 출하하고 있는 메이커로 보면, 3천 3백 원을 십 퍼센트 다운하면 3천 원이지만, 이 3백 원을 코스트다운 하기란 그야말로 피나는 공정이 뒤따른다.

한편 유통 과정에서는 4천 5백 원이라는 마진이 있다. 만약 도매상을 없애 버리면 1천 원이나 1천 5백 원의 차이가 생기고, 소매점을 없애고 도매상에게 소매를 시키면 1만 원짜리 물건을 6천 5백 원이 아닌, 7천 원이나 8천 원에 팔 수 있다.

값이 1만 원이라면 쳐다보지도 않을 소비자라도 같은 상품이 이십 퍼센트 이상 이십오 퍼센트 싸다면 사고 싶다고 생각할 고객이 훨씬 많을 것이 아니겠는가. 메이커로서도 유통 마진의 절약은 최대의 관심사인 판매 전략이다.

한편 그와 같은 유통 과정을 통해 장사를 하고 있는 사람의 생각도 마찬가지이다. 소매업자는 상품의 마진이 많을 지 모르지만, 1만 원이라면 팔리는 양은 뻔하다. 만약 가격을 낮춰 8천 원에 팔면 상품의 마진은 3천 5백 원에서 1천 5백 원으로 줄지만, 그 대신 5배를 팔면 7천 5백 원이 되므로 배 이상의 이익이 오른 것이 된다. 더 많은 양을 팔 수 있다면 도매상은 도매가를 5백 원 더 내려줄지도 모른다. 그렇다면 5배의 판매 이익은 7천 5백 원이 아니라, 1만 원으로 불어난다.

소매점으로서의 매상이 적음으로 도매상과 거래하지만, 만약 다량 판매가 실현된다면 메이커와 직거래하는 것도 불가능한 조건은 아니다. 판매회사가 도매상에 내는 5천 5백 원으로 직접 사입할 수가 있다면 제품 한 개의 마진은 더욱 많아질 것이므로 중간 도매상 따위는 없애 버리라고 큰 소리치게 될 것이다. 현재 유통 구조 혁신의 일환으로 '중간 도매상의 무용론'이 대두되어 도매인들의 간담을 서늘케 하고 있어 앞으로의 방향이 예사롭지 않다.

또 한편 도매상 쪽에서도 같은 생각을 할 수 있다. 유통혁명이 일어난다면, 도매상의 존재가 불필요하게 되어 직접 소매상 역할을 하면 될 것이 아닌가. 도매상이 소매로 1만 원짜리 물건을 8천 원이나 7천 5백 원에 팔면 고객이 모여들 것이다.

즉 소매점에서 대량 판매점으로 전환된다고 하여 이상한 것은 없지 않은가.

사실 미국에서의 슈퍼 발전의 역사를 더듬어 보면 도매상에서 슈퍼로 변신한 예가 많이 있다. 단지 도매상은 소매점을 상대로 하고 있고, 같은 지역에서 소매점을 시작하면 거래선으로부터 맹렬한 저항을 받기 때문에 그 상권 밖으로 나가서 슈퍼를 개설한다는 것이 미국 도매상의 상법이었다.

우리 나라에서도 도매상이 싸구려 매점이 된 예가 중소 도시에서 나타났다. 그러나 도매상이 할인매장으로 진출해서 성공을 거둔 예는 극히 드물다. 왜 그런가 하면 도매상의 거래 특정상 소매점으로부터의 저항이 많은 것과 도매상이라고 하는 가업을 현재 가지고 있는 사람은 그 하류로 진출한다는 것은 실제 문제로서 곤란하기 때문이다.

도매상이 슈퍼로 진출하는 것이 곤란하다는 것이 아니라, 한 가지 직업에 종사해 온 사람이 다른 데로 전환하는 것이 어렵다고 하는 일반 원칙이 작용하고 있다는 점이다.

▣ 인내력을 기르는 4가지 단계

1) 명확하게 구체적인 목적 의식을 가지고, 그 달성을 위해 불타는 욕망을 가질 것.
2) 목표 달성을 위해 보다 현실적인 계획을 세워 끊임없이 실천에 옮길 것.
3) 실천에 있어 소극적인 자세, 용기를 잃는 그러한 불필요한 부작용에 대해서는 굳게 마음의 문을 닫고 뒤를 돌아보지 말 것. 친척이나 친구들의 반대하는 충고도 예외는 아니다.

4) 자기의 성공 계획이나 목표를 수행하는데 있어서 격려해 주는 사람들과 우호적인 관계를 갖는다.

12 | 슈퍼가 거리를 변화시켰다

하루의 목표는 중요하다. 목표를 달성하려면
매일 어느 만큼의 결과가 있어야 한다. 그것이
모여 장기적인 목표를 달성시킬 수 있기 때문이다.

그렇다면 어떻게 소매점은 슈퍼로 변신할 수 있었을까. 우선 생각되는 점은 소매상이 바뀐 것이 아니라, 사람들이 군대에서 돌아와서 이것저것 장사를 해 본 결과 '시대의 변화'에 잘 적응한 것이며, 본인들이 소매상 출신일런지 모르지만 처음부터 소매점 주인은 아니었다.

개념상 소매상이라고 하지만 슈퍼의 원형은 거리의 작은 잡화점이었다. 그러나 동네 술집이나 잡화점 출신이 슈퍼의 사장이 된 사람은 없다. 그러므로 대부분 동네 잡화상을 하고 있었다든가 양품점을 하던 사람이 새 업종에 진출한 것이며, 아직은 본인으로서도 미숙한 상인이었다.

그러므로 장사를 새로운 지역에서 시작하기 때문에 기존의 소매상으로부터 저항도 없고 자기가 태어난 고장에서 슈퍼를 개점하라는 압력도 없었다. 소위 본바닥 슈퍼라고 하는 점포도 있지만, 문자 그대로 본토박이 슈퍼로 성공을 거둔 사람은 드물다. 본토박이 슈퍼라 하지만 경영자가 출신지에서 영업을 하고 있는 것은 조금 입지 조건이 나은 정도에 불과하지, 같은 지방이라 하더라도 점차적으로 점포를 확산해서 중간 유통업체로 육성된 것이다.

그러므로 슈퍼의 발전은 경제 발전 역사의 한 측면을 대변해 주고 있는 것이라고 해도 과언은 아니다. 그 때문에 소매업은 물론 도매업도 재편성이 부득이 이루어지게 되었지만, 그렇다고 해서 소매업이나 도매업이 없어져 버리지는 않았다. 다만 방법만 바뀐 것이고, 현재에도 슈퍼와 공존 공영하고 있는 도·소매업이 많음을 엿볼 수 있다.

슈퍼가 출현했을 때 기존의 소매상, 도매상, 백화점에 이르기까지 격심한 영향을 받게 될 것이라고 직감했다. 하나의 새로운 장사가 크게 성장할 때는 반드시 거기에 먹혀서 망하는 장사가 생겨나게 마련이다. 이와 같이 어느 거리에 대형 슈퍼가 진출하면 상점가에서 같은 상품을 팔고 있는 소매점은 매상이 반감된다고 한다. 그러므로 슈퍼가 진출한다는 소문이 돌면, 그 주변의 상점가 주인들은 선두에 나서서 슈퍼 진출의 반대 동맹을 구축하여 기세를 올린다.

"왜 반대하는 겁니까?"

하고 반대편 선두에 서 있는 사람에게 물어보면 한결같은 대답이다.

"우리들의 장사에 방해가 되니까요."

"그렇다면, 당신 상점에서 팔지 않는 물건을 사려고 할 때는 어디로 가면 됩니까?"

"그야 슈퍼로 가면 되지요"

하고 천연덕스럽게 대답하는 것이다.

장사를 하고 있는 상인일지라도 소비자라는 또다른 면이 있다. 소비자로서 자기 점포에서 팔지 않는 것을 사려고 할 때는 슈퍼에 가면 된다는 생각은 다른 사람에게, 이웃 사람들도 모두 슈퍼에 가게 될 것이므로 같은 지역에서 슈퍼와 같은 종류의 물건을 팔고 있는 가게는 유지할 수 없게 된다.

술집, 잡화점, 식육점, 생선가게, 과일가게, 체소가게, 제과점, 다방, 의류점, 철물점, 화장품점, 전기기구점, 수예점 등등 거리의 상점 대부분이 경기가 침체되어 문을 닫는 광경이 눈에 선하다. 만약 이들 상점이 한꺼번에 문을 닫아 버리면 거리 전체가 시들어 버리지 않을까.

사실 지방도시의 변천을 돌아보면 상점가가 계속해서 슈퍼의 진출을 반대하므로 정류장 뒷골목의 인가 드문 한적한 곳이라던가, 벽돌 공장을 하다가 떠난 뒷자리 등의 싼 땅을 사서 거기에 대형 점포를 연다. 한 점포에서 필요한 물건을 무엇이든 살 수 있고, 상품 구색이 갖추어져 있고 값도 싸다고 하면 다른 상점의 주인 부인도, 슈퍼 진출 반대 동맹의 회장 딸도 모두 몰려들 것이다.

사람이 모이면 장사가 되므로 꽃집이나 과자점, 양복점, 세탁소, 음식점 등 그다지 경합하지 않는 업종은 슈퍼가 있는 거리에 점포를 열게 된다. 그러면 지금까지 인가도 없는 한적했던 곳이 번화한 거리고 변하고, 기존의 상점가와 유통업소가 몰려 있는 곳도 사람의 통행이 뜸해지면서 장사가 안 되고 시들해 진다.

장사가 안 되면 점포를 정리하고 가게를 팔고 싶어 하는 사람이 늘어나게 마련이다. 매물 쪽지는 붙이지 않았지만 이불집도 내놓고, 잡화가게, 옷가게도 팔려고 내놓는다. 이렇게 되면 오를 땅값도 오르지 않게 된다.

한 거리를 보고 있노라면 해마다 변화해 가는 지역과 시들어가는 지역이 뚜렷이 나타나서

"거리라는 곳은 생물 같은 것이로구나"

하는 인상을 준다.

이렇듯 시들어가는 지역에서 장사를 한다는 것은 조만간 망하게 될 것이므로 빨리 가게를 정리하고 다른 업종으로 전환하는 것이 좋으리라는 생각에 이른다. 물론 빠른 시간 안에 단념해 버리고 다른 장사로 전환할 일이다.

그러나 대부분의 사람들은 그렇게 하려고 하지 않는다. 슈퍼가 개점한 즉시 매상이 갑자기 반감되어 매월 적자가 계속된다면 금방이라도 그만둘 결심을 하게 되지만, 당분간 참고 있노라면 반감됐던 매상이 다소 회복해서,

"이 정도면 할 만하지 않겠는가?"

하는 생각을 하기 때문이다.

대개의 사람들은 변화를 두려워하고, 타성으로 살려는 성질이 있기 때문에 결단성 있게 업종 전환을 못한다.

■ 성공하려면 아무도 가 보지 않은 길로 떠나야 한다

한없이 외롭고 두려움마저 느껴지는 그 길로 가야 한다. 커다란 절망이 기다리고 있을지라도, 아니 죽음마저 피할 수 없는 길이라 할지

라도 스스로 선택한 길이기에 떠나야 한다. 안주하는 삶은 실패보다
도 더 두렵기 때문이다.

제4장

높은
이자돈을
무서워하라

13 | 부도에 대한 공포

　　장사가 잘 되게 하기 위한 조건에는 여러 가지가 있지만, 장사가 안 될 때와 비슷하다. 우선 매상이 떨어진다. 회사 내의 의견이 대립되기도 하고, 어음 부도를 당하기도 해서 뜻밖의 손실을 입는다. 매상이 감소되어 흑자가 적자로 변하여 자금 회전이 어려워지면 현금으로 결제하던 것을 어음으로 끊게 되고 어음 발행 기한이 1개월에서 2개월, 3개월로 연장된다.

　　업적이 시원치 않다는 사실을 공언할 수 있는 동안은 아직 괜찮다. 그것은 회복의 가망이 엿보인다든가, 회복하기 위해 노력하고 있기 때문이다. 그 사이에 이것도 저것도 아니게 꼬여 버리면 거래선은 물론 거래 은행에서조차 정직한 말을 할 수 없는 지경에까지 이른다. 무의식으로 사실대로 말을 하면 자재 공급처에서는 경계해서 물품을 대주지 않게 되고, 거래 은행에서는 더 이상 빌려줄 돈을 주지 않음은 물론 대출금조차도 환수하려든다.

거래처와 은행 어느 쪽이 중요한가 물어보면 사업하는 사람은 누구나 은행이라고 서슴없이 말할 것이다. 거래처는 안면이나 코넥션(connection : 관계)으로 다시 얼마든지 잡을 수 있지만, 은행에 눈치를 채게 해서 빌린 돈까지 환수 당하면 돈줄이 막혀 도산에 쫓기게 된다.

그러므로 어떤 일이 있어도 은행과의 약속은 지키려고 노력한다. 무엇보다 이미 끊어놓은 어음을 기일 내에 결제를 못하면 1차 부도, 2회면 은행거래가 정지되므로 용서가 없을 만큼 가혹하다.

부도를 내면 은행거래가 정지될 뿐만 아니라, 우리 나라에서는 곧바로 도산을 뜻한다. 은행에서 돈을 빌릴 때 약정서라는 것에 도장을 찍게 되는데, 거기에는 은행거래가 정지되었을 때 대출 받은 돈을 즉시 갚지 않으면 안 되고, 만일 갚지 못한다면 담보 물건을 경매에 붙여도 이의 없다고 약정되어 있다.

돈을 빌릴 때에는 누구든지 갚지 못하리라고는 생각하지 않으므로 약정서의 내용을 하나 하나 검토하는 사람은 없다. 갚지 못하면 담보물을 빼앗기게 된다는 사실은 누구나 생각하고 있는 상식적인 내용이며, 그런 약정서에 이의를 말하면 애당초 돈을 꾸어 줄 리가 없다. 그러므로 누구든지 약정서 따위는 보지도 않고 서명을 한다. 은행이 그토록 가혹한 조건을 붙일 까닭이 없다고 안심하고 있는 면도 있다.

이런 말을 하는 나 자신도 은행의 약정서에 대단히 많은 도장을 찍어 왔지만 조문을 자세히 읽어본 적은 한 번도 없었다.

그러나 결제한다고 끊어놓은 약속어음의 기일에 만약 결제할 돈이 없으면 어떤 변을 당한다는 것은 누구나 잘 알고 있는 사실이다. 부도를 내면 그 회사에 물건을 납품하고 있는 거래선이 즉시 달려와서 대금을 받지 못한 납입품을 회수해 가고, 그 중에는 타사의 제품까지도 액수만큼 마무리를 짓기 위해 가져가는 자도 있다.

나와 절친한 건설업자는 하청 업체에 철근을 공급해 주었는데 그 업체가 도산하는 바람에 목재를 채권자가 가져가 버린 적이 있었다. 그는 자신이 맡겨 놓았던 물건이라며 돌려 달라고 상대 채권자에게 말했지만, 그것은 자신들이 채권 대상으로 맡아둔 것이라고 버텨서 끝내 돌려 받지 못해 예기치 않은 피해를 당한 경우를 보았다.

그러므로 물건을 어음으로 파는 장사는 사 간 곳의 재무 상태에 끊임없이 세심한 주의를 기울일 필요가 있고, 조금이라도 수상하다고 생각되면 거래를 끊든가 회수를 서두르든가 적절한 대책을 취하지 않으면 안 되지만, 사입을 하는 쪽도 일단 부도를 내면, 그날 중으로 창고 안이 비어 버리게 됨은 다반사다.

상장을 하고 있는 큰 회사가 되면, 그러한 상품의 인양을 막기 위하여 회사관리법 적용을 법원에 신청하는 경우가 있지만, 중소 기업에서는 회사관리법이 적절치 않으므로 한 번 부도를 내면 회사의 기능은 완전히 마비되어 버리고 자칫 잘못하면 부정수표 단속법에 입건되어 구속을 당하거나 채권자 회의에 끌려 다니든가 재판에 불려 다니기도 하여 도산 후 적어도 2~3년 간은 그 뒷처리에 어두운 나날을 보내게 된다.

그러므로 장사가 잘 안 되어 자금 변통에 쫓기게 된 후에도 경영자는 어떻게 해서든 부도만은 내지 않으려고 고군분투하게 된다.

토마스 에디슨은 전등 발명을 꿈꾸었다. 그 꿈을 실현시키기까지 얼마나 많은 실패를 거듭하였던가. 그럼에도 불구하고 전등을 발명하기까지 꿈을 버리지 않았다.

휠런은 담배 연쇄점을 만들려는 꿈을 가지고 그 꿈을 행동으로 옮겼다. 그것이 지금 미국 최대의 연쇄점이 된 '유나이티드 시거 스토어즈'다.

라이트 형제는 하늘을 날으는 기계를 만들겠다는 꿈을 가졌다. 그것이 지금의 공중여행을 실현시켰다. 라이트 형제의 꿈은 건전한 것이었다. 현실에 입각한 꿈을 꾸는 사람은 결코 단념하지 않는다.

14 | 고리대금업도 쉽지 않다

사업에서 가장 문제가 되는 것은 자금이 아니라
아이디어의 빈곤이다. 그러나 독창적 방법을 찾아
난관을 극복하는 것이 사업가의 능력이다.

결재 기일은 촉박했는데 돈 변통이 안 되는 사람이 최후로 손을 내미는 곳은 고리대금이란 돈이다. '오후 4시의 막차 손님'이라는 대명사가 있지만, 그것은 은행 영업시간이 끝나는 오후 4시를 눈앞에 두고 부족한 돈을 빌리려 달려오는 사람을 일컫는 말이다. 항간에서 말하는 '달러 빚'이란 그러한 사람들의 약점을 찔러서 10일간에 1할이라는 높은 이자로 돈을 대주는 고리대금을 말한다.

10일에 1할, 10일이 경과할 때마다 복리로 계산하면 1개월에 33%라는 높은 이자로 갚아야 한다. 이런 높은 이자를 지불하고도 유지할 수 있는 사업이 이 세상에 있을 까닭이 없다. 그럼에도 불구하고 떼일 것을 뻔히 알면서 불 속에 손을 넣는 짓을 하는 것은 부도를 다만 하루라도 연기하고 싶다는 절실한 요구 때문이다.

일단 고리대금에 손을 내밀면 그것이 시작이 되어 빚이 눈덩이처럼 부풀어 올라서 십중 팔구는 재기 불능에 빠지고 만다. 그러므로 고리대금에 손을 내밀 정도라면, 그 전에 사업 정리에 손을 쓰는 것이 현명하다는 판단을 해야 한다. 그러나 도산 직전까지 쫓긴 사람은 앞뒤를 분별하지 못하게 되므로 고리대금의 손길을 피해 갈 수 있는 사람은 극히 드물다.

월 3%은 고사하고 30% 이상이나 받는 고리대금업자는 어차피 평범한 죽음은 면하기 어려울 것이라고 못된 생각을 할 것이다. 그러나 고리의 대금업자에게 돈을 빌리러 오는 사람은 모두 돈에 쪼달리고 있으므로 자기가 빌러준 돈이 과연 회수 가능한지 어떤지 빌어간 사람 이상으로 불안하다는 점이다.

만약 그렇지 않으면, 이 세상에서 고리대금업보다 돈을 많이 버는 직업은 없을 것이므로 세상의 모든 사람들은 고리대금업자가 되려고 할 것이다. 그러나 그렇게 되지 않는 것은 일반적인 편견은 고리대금업이란 '비난 받는 장사'일 뿐만 아니라, 고리의 금전대차에서 트러블이 자주 발생하여 생각만큼 업적이 안 오르기 때문이다.

어느 유명한 고리대금업자 O씨를 '○○종합 건설'이라고 부르는 사무실을 방문한 것은 한참 운영 자금으로 쪼들리고 있는 친구를 돕기 위한 동행이었다. 고리대금업자로서는 거액의 자금을 움직일 수 있는 입장의 인물이라는 주위의 권고를 받고 방문했지만, 지금도 확실히 기억에 남는 말이 있었다.

"달러라는 고리로 돈을 빌리러 오는 사람이 있습니까?"
"내게 오는 고객들은 급전을 필요로 하는 사람들이 대부분이지요. 열흘이면 은행 대출금이 나온다든지, 물품대금을 받는다든지, 당좌나 어음을 막아야 할 돈이 꼭 필요한 절박한 사람들을 주 고객으로 하고 있습니다."

"하지만 그런 사람은 담보가 없다든가, 자기의 딱한 사정을 사실대로 말하는지 어떤 지를 알 수가 없지 않습니까?"

"그러니까, 그 자리에서 빌려 줄 것인가, 아닌가를 결심하지요. 우리의 이자가 비싸다고 하지만, 철도요금도 초고속 특급, 급행, 완행의 요금이 각각 다르지 않습니까. 그 자리에서 즉시 빌려 주기 때문에 초고속이나 특급요금이 되는 거지요."

"하지만 그런 돈을 빌리러 오는 사람은 도산 직전에까지 쫓긴 사람들이 많을 것이 아닙니까? 떼어먹히고 회수 못하는 일은 없습니까?"

"그야 있지요. 그러니까 돈을 꾸어주는 데도 남다른 용기가 필요합니다."

"그렇다면 당신의 돈만 빌려주는 겁니까?"

"다른 사람의 돈도 움직이고 있지요. 나는 엄격한 신용을 사업 신조로 삼고 있기 때문에 몇 억 원이라도 전화 한 통으로 금방 조달이 됩니다."

"그러면 커미션을 먹는 셈이군요?"

"하지만 빌린 돈은 전적으로 내가 책임집니다. 받은 이자는 누구에게 주었는 지 밝히지 않는 것이 이 바닥의 불문률입니다. 한편 돈을 갚지 못하게 된 사람은 다시 찾아와서 몇 천만 원만 더 있으면 해결된다며 추가 융자를 부탁해 오기도 합니다. 중요한 것은 그런 경우 어떻게 대처하느냐가 문제지요."

"고리대금으로 성공할 수 있는 방법은 어떤 것이라고 생각하고 계십니까."

"한 번 떼인 돈을 보충하기 위하여 진흙구덩이에 빠지지 않도록 주
의하는 일입니다. 같은 곳에서 회복해 보려고 하지 말고 다른 곳에
서 벌어서 메꿔 나가는 일이 현명한 방법이지요."

"그렇다면 돈을 꾸어주는 일도 쉬운 직업이 아니군요."

"말씀 그대로입니다."

눈빛이 날카로운 바다도깨비 같은 좋지 않은 인상을 보여주는 사람
이었지만, 왜 이 사람이 제단 앞에 서서 저토록 진지하게 합장을 했었
는가를 알 법도 했다.

그런 사람에게서 급히 돈을 빌리고도 갚지 못하게 되자, 도리어 고
리대금업자를 헐뜯는 사람이 많지만, 그의 입장이 되면 떼일지도 모
르는 위험을 무릅쓰고 돈을 빌려주는 것도 결코 쉬운 장사는 아닌 것
같다.

■ 큰 욕망이 큰 성공을 가져온다

모든 목표에 대한 관찰을 위한 출발의 발판은 욕망이다. 이 점을 언
제나 마음 속에 간직해 두고 성공의 불을 지펴야 한다. 조그만 불을
지피고 있으면 극히 소량의 열 밖에 얻을 수 없는 것과 같이 욕망이
작으면 얻어지는 결과도 작을 수밖에 없다. 자신이 끈기가 없다는 사
실을 깨달았다면, 그 약점을 욕망이라는 불로 일으켜 크게 타오르게
함으로써 바로 잡을 수 있다.

15 | 어음이 필요없는 장사에 눈을 돌려라

■

지난간 시간은 다시 돌아오지 않는다. 어제의
고통도 지난 일일 뿐이다. 오늘이라는 새로운
날을 맞아 앞을 향해 나아가면 기막힌 기회나
기적을 얼마든지 찾아 낼 수 있다.

고리대금업을 인과의 장사라고 하지만, 그것은 선량한 서민으로부
터 피나고 눈물겹도록 돈을 빨아올리므로 인과는 아니고, 도산 직전
에 쫓긴 사람을 상대로 떼먹힐 위험을 무릅쓰지 않으면 안 되는 점이
인과가 아닌가 생각되는 연민의 장사다.

고리대금의 시초는 전당포였지만, 그것이 발전하여 서민금고라는
명목의 사체금융시장이 있어 신문을 펴면 이자에 쫓겨 일가족이 집단
자살했다는 기사에 접하게 된다. 큰 활자로 사체업자의 독촉 때문에
자살이라는 기사가 있고 죽은 사람의 신원이 무직자이거나 시장의 영
세 상인이라고 밝히고 있어 사체업자가 비난의 대상에 올라 있지만,
그 내용을 잘 살펴보면 경마나 전자오락실과 같은 도박에 미쳐서 빚
이 3천만 원이 됐다던가, 내 집 마련에 높은 이자의 금융빚에 쪼들려
옴치고 뛸 수가 없게 됐다는 경제 음치들 뿐이다.

이러한 경제적인 무능력자에게 돈을 빌려주는 자가 나쁘다고 하지

만, 경마나 전자오락실에서의 도박 행위를 그대로 묵과하는 국가나 지방단체가 더 나쁘고 아파트를 건축해서 경제적 무능력자에게 파는 건설업자도 예외는 아니라고 할 수 있다.

　내가 알고 있는 사람 중에도 사금융업을 하고 있는 사람이 있지만, 돈을 얻으러 오는 사람들 중에는 이곳저곳을 전전하며 대출금만 떼먹는 악질도 있고 빌린 돈은 애당초 갚지 않기로 작정한 '금전에 무책임한 자'도 많다는 것이다.

　큰 규모의 금융회사에서는 뗀 돈의 뒷처리만을 전담하는 부서가 있지만, 소규모라면 직원이 미수금 회수까지도 담당하지 않으면 안 된다.

　산동네, 혹은 변두리 지역까지 찾아가서 본인이 돌아오기를 숨어서 기다린다. 겨우 막차로 돌아온 본인에게 집으로 들어가려는 것을 가로막으며 "돈을 갚으라."고 문앞에서 언쟁을 하다가 이 쪽이 한 눈을 파는 사이에 집안으로 뛰어들어가서 문을 잠궈 버린다. 아무리 벨을 눌러도 묵살해 버리는 것은 당연하고, 어떤 자는 일부러 TV를 틀어 볼륨까지 높인다.

"그런 때는 공단주택의 도어가 철재로 되어 있다는 것이 정말 원망
　스러워요."
하는 탄식의 소리를 들으면, 도대체 어느 쪽이 악질인지 알 수 없다.

　또 어느 일류 광고회사 사원에게 돈을 빌려주고 좀처럼 돌려받지 못한 금융회사가 있었다. 담당자가 새로 입사한 신참이었는데, 사장이 그에게 반드시 회수하도록 엄명했다.

　이 신입사원은 고지식한 사람이었으므로 광고회사의 정문 앞에서

사진으로 본 문제의 사람이 나오기를 잠복하고 기다렸다.

"오늘은 꼭 주셔야 되겠습니다."

"오늘은 돈이 없는데요."

"그러면 돈을 줄 때까지 당신을 따라 다녀야겠습니다."

"농담마시오. 오늘은 친구들을 만나기로 약속되어 있습니다."

"그러면 친구 분을 만나는 자리에 나는 당신 옆에서 기다리고 있을
것입니다."

술좌석에까지 동행해서 그 옆에서 기다리고 있자, 마침내 지쳤는지
친구들의 주머니 돈까지 빌려 갚아 주더라는 웃지 못할 이야기도 있
다.

이상의 정황으로 알 수 있듯이 사채시장이나 서민금고에서 돈을 빌
리는 사람 중에는 근본부터 '악질자'이거나 금전 관리에 대한 무능력
자가 섞여 있다. 그런 자들을 상대로 장사를 해야 하는 점이 돈놀이에
난관이 있는 것이다.

고리대금업은 이와 같이 방만한 경영이라든가 시세에 맞지 않는 사
업을 해서 자금난에 허덕이는 경영자에게 돈을 빌려 주는 업종이므로
신사적으로 해결하려다가는 자기 스스로가 자금이 바닥나서 도산해
버리게 된다. 그러므로 고리대금을 하는 사람은 폭력단과 관계를 맺
고 있던가, 아니면 자기 자신이 폭력자임을 엿볼 수 있다.

빌려 쓴 돈을 약속대로 갚지 않을 때는 법보다 더 효과적인 수단에
호소하게 된다는 극약 처방이 해결 방법으로 동원되기도 한다.

따라서 일단 고리대금에 어음을 건네주는 사람은 놀음에 손을 대는
것과 같아서 막다른 곳까지 가지 않고서는 끝나지 않는다.

근본은 '어음'이라고 하는 안이한 지불 수단이 있기 때문이다. 도산하지 않기를 원하다면 어음을 끊지 않고도 되는 장사를 하는 수밖에 없다.

■ 당신은 일을 통해 무엇을 실현하고 싶은가?

성공을 이루기 위한 목적과 지향하는 가치는 열정과 도전의 산물로서 실체를 추구하는 구체적인 활동이다.

성공에 도전하는 철학과 목표가 명확하지 않으면 내 노동의 댓가는 단순한 돈벌이의 수단으로 전락하게 되며, 아무리 노력해도 성공의 새벽은 멀기만 할 것이다.

16 | 연쇄도산의 무서움

우리 사회는 실패한 사람에 대해서는 차갑고
냉혹하다. 실패한 경영자는 무조건 파렴치한
죄인이고 그의 실패에 대한 경험과 노하우는
엉터리로 매도되어 잊어져 버린다.

　장사를 하는 사람은 처음부터 풍부한 운영자금을 갖고 있는 것은
아니다. 부모에게서 상속 받은 재산을 가지고 장사나 사업을 하는 사
람이라면 몰라도 자기 혼자서 창업한 사람은 직장 생활을 통해 모은
돈이라든가, 친척이나 친지들로부터 긁어모은 돈으로 일을 시작하기
때문에 운영자금은 처음부터 열악하여 금방 바닥이 드러나게 마련이
다.

　그러면 그런 상태로 사업을 해 나갈 수 없느냐고 하면 물론, 그런
말은 아니다.

　자금이 없는 사람은 부족한 대로 운영해 나갈 수 있는 사업 방법을
연구한다. 예컨대 기계나 설비를 매입할 자금이 없으면 월부로 주는
메이커도 있고, 임대해 주는 곳도 있다. 재료나 부품을 구입할 자금이
없으면, 대금 지불을 3개월이나 4개월 연수표로 지불 받는 곳도 있다.

　극단적으로 말하면 자기 돈은 한푼도 쓰지 않고 제품을 팔아서 회

수한 돈으로 재료비를 지불할 수도 있다는 것이다.

물론 그러기 위해서는 상대편에 대한 신용이 전제 조건이 된다. 돈이 없더라도 인격을 믿고 대주는 경우도 있고, 현금은 아니지만 담보가 될 만한 물건을 요구하여 부동산을 제공한다든지, 보증인을 요구한다. 여하간 지불을 일정기간 유예할 수 있으므로 그 사이에 대금의 회수가 가능하면 적은 자금으로도 큰 사업을 할 수 있는 것이다.

그 대신에 약속어음을 한 번 끊게 되면, "기다려 달라"고 할 수는 없다. 실제로는 기일 전에 찾아가서 "아무래도 자금 융통이 안 되므로, 조금만 더 참아 달라"고 해서 바꿔치기를 부탁할 수 없는 것은 아니다. 그러나 그런 일을 한 번이라도 하면 돈에 쪼달리고 있다는 사실을 상대가 알게 되므로 거래를 정지 당하게 되는 불이익을 감수하지 않으면 안 된다. 그러므로 어떤 무리를 해서라도 혹은 은행으로부터 융자를 받아 어음은 꼭 기일에 결재하는 것이 상식으로 되어 있다.

그러나 기대했던 장사가 실패로 끝났다든지, 지불 받기로 되어 있던 거래처의 입금이 지연되기도 한다. 그런 때에도 자기가 발행한 어음 결제 기일이 다가오면 베개를 높이 베고 밤잠을 잘 수가 없게 된다. 차라리 어음을 끊지 않은 것만 못하다. 그러나 많은 기업인이 그렇게 생각하고 있으며 또 실행하고 있다.

이렇듯 장사는 자기 혼자서 하고 있는 것이 아니고 거래에는 상대가 있는 것이므로 자기가 꼭 그렇게 하고 싶다고 생각해도 상대가 그렇게 해 준다고는 단정할 수 없다. 이 쪽이 어음을 끊지 않고 모두 현금으로 지불한다 해도, 상품을 납품하고 있는 상대가 어음으로 밖에 지불할 수가 없다고 하면, 그것을 받아주지 않으면 거래가 성립되지 않을 수도 있다.

버스값이나 음식값, 광열비 등 주로 서비스에 속하는 쪽은 원칙적으로 현금 지불이지만, 세상에는 '현금 장사'라는 분야의 업종이 따로 구분되어 있다. 그러나 그 이외의 분야에서는 거의 모두 반드시라고 할 정도까지 어음이 유통된다. 지불이란 지불은 모두 어음이라는 거래도 있지만, 반현금 반어음도 있다.

업계 전체가 그러한 상업 습관으로 되어 있는 곳에 끼어들어서, '현금이 아니면 거래 않는다.'고 해도 좀처럼 통하지 않는다. 따라서 자기만은 어음을 발행하지 않는다고 버텨보자, 상거래를 제대로 이룰 수 없는 벽에 부딪힌다. 그러기 위해서는 받은 어음의 결제 기일이 될 때까지 잠자코 참으며 자기 쪽에서는 현금으로 지불해 나가지 않으면 안 되므로 3~4개월분의 운영 자금을 별도로 가지고 있어야 한다.

현실적으로 여유를 가지고 자금 융통을 하고 있는 회사가 없는 것은 아니지만, 그러한 회사는 유명세가 붙은 우량 기업이고, 대다수의 회사는 받아 온 돈이 어음이면 그것이 현금으로 결제되는 기간을 봐서 지불할 곳을 여기에 맞춰서 지불 수단으로 활용하고 있다. 다소 기간의 여유를 보고 받을 어음과 지불 어음의 금액의 수치가 맞으면, '대체로 정상 운영을 하고 있다'고 사람들은 보고 있다.

수취어음은 내용에 따라 신용도가 달라지지만 상대가 일류 회사이고 지불에 대한 불안이 없으면 우선은 안심해도 좋다. 상대 거래선이 몇 백이나 되는 소매업자로 분산되어 있어서 한 회사에서의 수취어음이 전체의 몇 백분의 일이라고 할 경우에도 염려할 필요는 없다. 또 자기 회사 자체가 재력이 있어서 어음의 할인을 은행에 의뢰하고 있지만, 막상 무슨 일을 당했을 때 어음을 되돌려 받을 수 있는 경우라면 불안 요소는 없다.

그러나 거래라는 것은 반드시 우열의 차나 대소의 차가 생겨서 매상의 20퍼센트 이상을 차지하는 유력 거래선이 있게 마련이다. 그러한 거래선의 도산이 어느날 갑자기 신문에 보도되기라도 하면, 연쇄반응을 일으켜서 이 쪽도 도산 당하는 일이 생긴다.

저성장 밑에서 이익이 적은 장사를 하고 있다면 이와 같은 불안이 가끔 현실로 나타나는 일이 많다.

▣ 오나시스의 좌절 원인

1) 그에게서는 부의 위력을 과신한 나머지 '진실한 사랑', '마음의 신뢰', '진정한 건강'이라는 보람을 찾을 수가 없었다.
2) 그는 돈만 있으면 건강을 살 수 있다는 착각에 빠져 있었다.

제5장

다시 소형
매장으로
또 하나의
혁명을

17 | 현금 장사의 맛

부족한 사업 자금과 경험을 보충하기 위하여
부지런히 땀을 흘린 사람은 창업 후에 눈물을
흘리지 않아도 된다.

선진국에서는 어음이라고 하는 상습관이 없다. 그러므로 물건을 사는 사람은 현금, 은행수표, 혹은 신용카드로 지불한다. 장사꾼이 물건을 사입할 때도 우선 착수금으로 얼마의 돈을 지불하고, 물건이 완성되어 납품하면 곧 잔금을 지불한다. 즉 물건 대금을 즉시 회수할 수 있으므로 제품을 생산하는 사람은 그것을 믿고 다음 계획을 수립할수가 있다.

우리 나라에서 어음 상법에 익숙한 친구가 미국에 현지 법인을 만들고 자사 제품의 판매를 시작했다. 업계 신문에 광고를 냈더니 미국뿐만 아니라, 중동에서도 주문이 들어왔다. 계약이 체결되면 매수자는 5십만 불, 1백만 불을 현금으로 착수금을 지불해 준다.

한편 한국 본사에 대한 주문은 신용장을 내고 물품이 도착할 때까지는 한푼도 지불하지 않아도 되므로 금리가 높을 때는 받은 착수금을 그대로 미국 은행에 맡겨서 이자 차액을 받는다고 한다.

"덕택으로 자회사에 하청을 해서 벌고 있다네."
하고 그 친구는 싱글벙글 웃었다.

만약 같은 미국이나 중동의 고객이 한국 상사에 주문을 한다고 하자. 상사는 현금으로 착수금을 받고 있어도 자기 편에서 하청업체에 주는 착수금은 3개월 어음으로 지불하고 완성된 상품에 대해서도 똑같이 3개월 어음으로 잔액을 지불하면 거래가 끝난다.

상사는 수수료 외에 지불 연장 금리를 이익의 일부로 계산하고 있어 그런 일은 당연하다고 할지 모르나, 제조업을 하고 있는 사람은 그 몫만큼 금리를 코스트로 간주하지 않으면 안 되고, 자금 융통도 고려하여야 한다. 그러므로 여유 자금으로 어음을 가지고 있으면 그만큼 자금 융통이 수월하다고 할 수 있지만, 타인에게도 똑같이 강요하게 되므로 결국은 사용 어음이 없는 경우와 대차가 없다고 볼 수 있다.

하지만 그렇다고 해도 어음제도가 현실적으로 유통되고 있는 사회이므로 자기만이 어음을 받지 않는다고 고집을 부리면 상거래는 성립되지 못한다.

그래서 어음 장사로 쓰라린 경험을 겪은 사람이나, 도저히 어음 장사는 할 수 없다는 사람은 현금만으로 성립되는 장사를 선택한다. 어음 거래가 주류를 이루고 있는 세상에서도 찾아보면 현금으로 장사하는 업종도 있게 마련이다.

예를 들면 운수사업이나 에너지원으로서의 전력이나 가스는 원칙적으로 현금 거래다. 버스 요금도 물론 현금이다. 하루가 끝나면 매표소에 현금이 쌓이고 그 돈은 은행에 맡겨진다. 이익이 남았는지 결손되었는지 매월 집계를 해서 결산해 보면 대차대조표에 명확히 나타난다.

이런 장사에 익숙해지면 어음으로 지불 받는 장사는 현금 장사가 아니므로 기피하게 된다.

식당에서 식사를 하는 것은 선금제도이므로 피해 볼 걱정이 없다. 또 영화를 관람하는데 돈을 나중에 준다며 외상으로 입장하겠다는 사람은 없을 것이다. 집이나 땅을 파는 장사도 원칙은 현금 지불이므로 안전한 장사다.

이러한 상법에 투철하면 현금이 매일 은행 구좌에 들어오므로 은행 측에서 보더라도 돈의 유통이 확실하여 그 돈을 믿고 자금을 융통해 주고 싶을 것이다.

1960년대 이후 경제 성장과 급격한 인플레 진행으로 부동산 가격이 앙등되자, 대재벌은 모두 막대한 자산 증식을 이루게 됨과 동시에 다각경영을 실시해서 일대 콘체론(conzern)을 형성하게 되었다.

지방에 가도 이런 형상은 예외가 아니다. 규모는 작으나 백화점이 할인매장까지 겸업하고 있다. 또는 예식장이나 호텔사업에까지 진출한다. 그다지 합리적인 경영을 못 하고 있는 곳도 있지만, 현금 장사와 부동산업으로 일관하고 있는 것은 똑같다.

그야말로 건실한 경영을 지방에서 해 왔고 현금 지불을 한다는 것과 신용의 밑천이 되는 부동산을 가지고 있으므로 은행에서나 거래처에서도 절대적인 신용을 얻고 있는 것은 사실이다.

1) 새는 말이 아니다. 한 번 날아가면 잡을 수 없다.

2) 이빨 빠진 다람쥐에게 도토리를 주어도 소용이 없다.

3) 바보스런 질문에는 대답하지 않아도 좋지만, 예의를 잃지 않아야 한다.

4) 두 마리의 말을 타게 되면 진흙 속으로 떨어지게 된다.

5) 멋쟁이가 되려고 초조하게 굴지 말고 좋은 인상을 갖도록 힘쓰라. 인생을 서두르는 사람은 요절한다.

6) 친한 벗과 함께 동행하면, 지루한 여행길도 반으로 줄어든다.

7) 백 사람의 친구도 많은 것은 아니지만, 한 사람의 적은 너무 많다.

8) 남의 차를 타게 되면, 그 사람을 위한 노래를 준비해 두어라.

18 | 대형매장을 구해 주는 규제법

■

사장은 50% 이상의 시간을 현장에서 보내야 한다.

그러나 운수회사가 좋은 사업이라고 해서 누구나 시작할 수 있는 성질의 업종은 아니다. 지금의 운수회사는 모두가 30~40년 전에 시작한 것이며, 그 시대에는 신종 사업이었다. 그러니 만큼 운수업 사장들은 피나는 노력을 했던 것이다. 그 열매가 열려서 어쩌다가 그 후계 자손들이 편히 살 수 있게 되었지만, 2000년대의 신규로 시작할 수 있는 사업은 아니다. 물론 인가를 받는 것도 용이한 일이 아니지만, 설령 받았다고 해도 막대한 설비 투자만큼 채산이 맞지 않는 종류의 사업으로 전락되었기 때문이다.

이것은 지금까지의 운수회사가 본업 다음 무엇에 손을 댔는가를 살펴보면 금방 알 수 있다. 시대가 변하면 교통 수단도 바뀐다.

우리 나라에서는 전차 다음에 출현한 것이 자동차이므로 군소업체가 차정비에 열중하고 있을 무렵 트럭에 의한 화물 수송의 루트를 확보한 사람은 운송회사의 사장이 되고, 항공회사의 경영을 시작한 사람은 세

계적 스케일의 대기업으로 성장했다. 그런 사업으로 성공한 사람들이
진출한 다음의 목표는 호텔 체인을 만드는 사업이었다.

호텔 사업은 철도의 발전과 함께 그 역사가 생긴 것이지만, 현금 장
사와 부동산을 겸한 사업으로 융자 대상으로서는 비교적 안전하다.
그러나 돈벌이로 말하면 자본의 투자만큼 매상이 적고 이윤도 적지만
독점적인 지위에 있는 철도와 비교해 보면 규모가 작다. 어쩌면 호텔
경영은 오늘의 대기업 경영자들이 열을 내고 있는 만큼 매력이 없다
는 사실을 미구에 알게 될 때가 올 것이다.

그렇게 배당이 적은 장사보다도 현금 장사로 근년에 급성장을 한
것은 뭐니뭐니해도 대형할인매장이란 유통업일 것이다.

우리 나라에 있어서 슈퍼의 역사는 겨우 20년이며, 이 기간에 거대
유통사업으로 성장한 것은 대량 사입을 해서 대량 판매함으로써 영세
소매업을 잡아먹을 수가 있었기 때문이다.

우선, 첫째로 대형할인매장은 대량 사입, 대량 판매가 가능하므로
거리의 작은 상점보다 싸게 팔 수가 있다.

둘째로, 구색이 풍부히 갖추어져 있기 때문에 한 곳에서 쇼핑을 끝
낼 수가 있다는 점이다.

셋째로, 점포의 규모가 크고 깨끗하기 때문에 여유있게 쇼핑을 즐
길 수 있다.

넷째로, 점원이 따라 다니지 않기 때문에 자유롭게 물건 선택을 할
수 있다고 하는 메리트(merit : 잇점, 장점)가 있고, 우선 대도시에서
상권을 장악한 다음, 이어서 지방도시나 소도시에서까지 소매상을 잡
게 되었다.

19 | 틈새를 노리는 소형슈퍼의 매력

■

목표는 기다리는 것이 아니라, 인생에 필요한
것을 차지하기 위하여 행동하는 과녁이다.

대형할인점이 다른 체인점을 만들어서는 안 된다고 하면, 악성 경쟁은 면할 수가 있을 것이다. 그 몫만큼 여력이 생기므로 인구 과소지역에서 경영하는 소매점은 어떻게 운영하면 좋은가를 연구하게 될 것이다. 도시 주변의 대형점이 중형점을 압도하게 되었지만, 슈퍼는 대형점 때문에 유지할 수 없다는 법칙은 해당되지 않는다.

내가 알고 있는 사람으로 백화점과 대형할인점의 중간 지점에 점포 면적 3십 평의 소형 슈퍼를 만든 사람이 있다. 슈퍼의 손님은 대개 반경 5백 미터 이내에 거주하고 있는 사람들이지만, 부지 관계로 대형 마트가 5백 미터 이내에 2개 이상 집중해 있는 경우도 있지만, 반대로 어떤 쪽에서도 5백 미터 이상 떨어져 있기 때문에 진공지대로 되어 있는 곳도 있다. 그런 위치에 주차장의 스페이스를 넓게 잡아서 3십 평 규모의 소형 슈퍼를 만들어 1년에 3억 원이 넘는 매상을 올리게 되었다.

3십 평에서 월 2천 5백만 원의 매상을 올리면 채산은 충분히 성립된다. 단 이만큼의 매상을 올리기 위해서는 생선, 3품(쌀, 채소, 과일)까지 팔지 않으면 안 되므로 비록 규모는 작으나 대형점에서 많이 팔리는 물품을 갖춘다면, 가정의 일용 필수품은 거의 다 구할 수 있다는 결론으로 소형 슈퍼라도 충분히 경영이 가능하다는 것을 의미한다.

세븐 일레븐, 복스(box)라는 소형 매장은 훌륭히 도시적인 것이지만, 좀더 시골 냄새를 풍기는 소형 점포를 꾸며서 농어촌 소도시에 전개하도록 하면 시골 거리에서 슈퍼의 존립은 이상하리 만큼 큰 변혁을 일으키게 될 것이 아닌가.

그렇게 되면 우리 나라 중소기업에서 가장 수가 많은 소매유통업계에서 일대 변혁이 일어나게 되리라는 기대감이다. 소매점 중에서도 이미 대형할인점에 상권을 빼앗긴 점포가 많다. 아직 미개발의 지역에 맞는 소형 슈퍼가 금후에 개발되면 시골의 소매점이 다시 정리되므로 그 수는 더 늘어날 전망이다. 시골에서는 농업이 위기에 처해 있을 뿐 아니라 유통업계도 태반이 폐점의 위기에까지 와 있는 것이 오늘의 실정을 감안해 볼 때 살아남기 위해서는 새로운 변화가 요구된다.

한편 소형슈퍼가 과소지대라든가 대형점포간의 빈 사이를 비집고 들어갈 수 없다면 대형할인점 역시 독점장이 될 수 없다.

첫째, 소형슈퍼는 대자본이 아니더라도 할 수 있는 장사이다.

둘째, 지역 사정에 능통하고 더 자상한 서비스가 요구되므로 가족 노동에 적합하다는 이점이 있다.

셋째, 흘린 이삭을 줍는 것과 같은 작은 규모의 장사이므로 대형할인점을 경영하고 있는 사람들이 그다지 탐내지 않는 스케일이라는 일면도 있다. 따라서 대형할인점이 영역을 침범하지 않는다는 잇점은 생각해 볼 일이다.

시골 지역에는 이미 소형슈퍼가 많이 자리잡고 있어서 그 나름대로 과소지대의 유통업자로서 리더 역할을 하고 있다. 다만 이들 업자는 모두가 매상이 4~5년 전부터 답보 상태에 있으며 이웃 동네에 대형할인점이 생겼다 하면 매상이 더욱 격감함으로 항상 대형점포의 진출에 신경을 곤두세우고 있는 실정이다.

또 이들 소형슈퍼는 구 상점가에 자리잡고 있는 경우가 많으므로 교외의 넓은 땅에 새로 생긴 주차장 완비의 할인매장을 가장 강적이라고 생각하고 있다. 왜냐 하면 새로 등장한 할인점은 점포 구조와 상품 진열이 현대적이며 물건도 소비자 취향에 맞게 갖추고 사입 루트도 자기들 보다 한 수 위라고 생각하고 있기 때문이다.

재래의 과소지대에 있는 소형슈퍼는 식료품 가게나 잡화상을 개조한 것이 많고 가족 노동에 의지한다는 점은 다음에 나타나는 소규모 할인매장과 본질적으로 틀린다고는 할 수 없지만, 경영 센스라고 하는 점에서 잘못이 있는 까닭이다. 즉 주차장, 점포의 진열 방법 구성 등에 있어서 이들 재래의 소형슈퍼가 끊임없이 열등감에 고민하고 있다고 하면, 그것들의 요구를 충족시킬 새로운 슈퍼가 생겨날 여지가 있다고 본다.

이러한 요구를 대형슈퍼의 별동대가 완성시킬 가능성이 있다고 말했지만, 전혀 다른 사람이 나타나서 새로운 스타일의 소형슈퍼를 만들 가능성이 없다고 단정하기엔 이르다.

왜 그러냐 하면 한 가지 사업에 성공한 사람이 다음의 새로운 변화에도 똑같은 반응이 가능하다고는 할 수 없고, 도리어 새 단층이 새도전자에 의하여 메워질 가능성이 많기 때문이다. 따라서 지방도시에서 소형슈퍼 경영에 성공한 사람이 같은 노하우를 써서 인근 도시나 인근 부락에서 비슷한 소형슈퍼를 확장해 나갈 수 있는 여지는 충분하다.

그것은 지방의 과소지대뿐만 아니라, 앞서 기술한 대형슈퍼와 대형 할인매장 사이에서 더 위력을 발휘하게 될 것이다. 물론 소형슈퍼가 틈(대형 슈퍼가 없는 공간)을 노려서 훌륭히 성공하면 재래의 소매점 수는 지금보다 더 줄게 된다. 그렇다고 소매점 자체가 없어져 버리는 것은 아니다.

소매점은 물품 판매업으로서 전업화가 진행되는 한편, 살아남기 위해서는 물건을 파는 것에서 서비스를 제공하는 방향으로 변해 갈 것이다.

■ 꼴찌의 자기 신념

언제 배움의 즐거움을 발견하는가는 사람에 따라 각기 다르지만, 영국의 수상으로서 노벨 문학상을 수상한 윈스턴 처칠의 경우에는 상당히 나이를 먹고 난 후였다.

그의 말에 의하면 만 22세가 되어서야 처음으로 향학심이 생겼다고 했다. 처칠이 낙제생이었던 것을 아는 대부분의 사람들은 이렇게 생각한다.

'낙제생이라도 일국의 수상이 되기도 하고 노벨상을 받기도 한다. 역시 학교의 성적은 꼭 필요한 것이 못된다.'라고 말이다.

20 | 잠 못 이루는 실패에 대한 두려움

■

두려움과 타협하는 것은 성공의 길을 포기하는
것과 같다. 두려움을 성공의 당연한 반발로
인식하려는 당신의 용기가 절대적으로 필요하다.

돈을 버는 일이라면 누구나 나름대로 높은 흥미를 보이고 있다. 그러므로 잡지 기사나 책을 통해 돈을 벌 수 있는 기발한 재테크 안내와 큰 돈을 잡는데 성공한 사람의 이야기가 눈길을 끈다.

우리들이 장사를 시작할 때도 돈이 얼마나 벌릴 것인가 하는 예상을 세워서 일을 시작한다. 그것보다도 처음부터 돈이 벌릴 것 같지 않는 사업에는 손을 대지 않으므로 돈벌이의 스케줄에 따라 움직이고 있다고 해야 옳다.

하지만 돈벌이는 예상한 스케줄대로 맞아 떨어져 주지 않는다는데서 두려움이 시작된다. 돈을 벌 계획이 중도에 무산되면서 이 정도의 손해로 끝나리라고 예상했던 것이 2배, 3배로 큰 타격을 받는 경우에 놓인다.

또 새로운 경쟁 상대가 나타난다든지, 신종 상법이 고안된다든지 하면 지금까지 돈벌이가 되던 장사가 점점 쇠퇴하여 마침내는 적자를 내게 된다. 전혀 예상하지 않은 시기에 발생하는 손해에 대해서는 미리 각오가 되어 있지 않았기 때문에 누구든지 낭패와 함께 당황하기 마련이다.

큰 회사의 고용 사장이라면 적자가 나더라도 자기 주머니 돈이 나가는 것이 아니므로 그다지 동요를 느끼지 않을 것이다. 그런 유형의 회사는 자금도 풍부하고 사회적 신용도 있으므로 업무상 융통도 비교적 용이하여 위기에 처해 있다 하더라도 어떻게 해서든지 극복해 나갈 수가 있다. 다행히 출혈 대책이 효과를 얻어 경기가 회복되어서 업적이 올라가면 걱정은 단지 기우로 끝나 버린다.

그러나 아무리 대책을 강구해도 업적이 회복되지 않는 기업도 있다. 그런 기업의 앞날은 도산이나 경영자 교체나 흡수합병이란 어려운 여건이 기다리고 있지만, 어떤 경우에도 경영자의 불명예는 남는다 해도 고용 사장의 개인적인 손해는 별로 없다.

하지만 중소기업이라면 사장이 즉, 오너(Owner)이므로 회사의 차입금에 개인보증이 연계되어 있으므로 일단 잘못되는 날에는 전 재산을 날려 버리는 위기에 처하게 된다. 이에 밤잠도 제대로 잘 수 없게 됨은 오늘날과 같은 치열한 경제 정세 하에서는 결코 드문 일이 아니다.

오늘날 우리 사회는 실패한 사람에 대해서는 차갑고 냉혹하리 만큼 비협조적이다. 실패는 성공의 어머니라고 하지만, 이제는 시대 착오적인 그 말을 곧이 듣는 사람은 아무도 없을 것이며, 오히려 실패는 한 개인의 삶, 가정까지 파탄으로 이끌어가는 지름길이라는 인식이 오히려 더 가슴을 파고 든다.

충분히 검토해 보지 않은 창업에 대한 준비 태만, 어떻게 되겠지 하는 막연한 기대감, 전문성이 결여된 어정쩡한 태도, 스스로 자기의 능력을 과신한 판단 착오가 실패의 원인이었음을 깨달았을 때는 이미 모든 것을 잃은 참담한 뒷자리에서 그 절망의 뿌리가 너무 깊어 가슴속의 불치병으로 남을 것이다.

그러므로 경험이 없는 업종에 어설픈 정보만을 믿고 집을 은행에 저당 잡히고 친지들의 돈까지 빌려 창업 자금으로 객기를 부리는 것은 진정한 용기가 아니며, 생활을 위한 최선의 선택이었다고 변명할 일도 아니다.

시작이 절반이라고 하지만, 첫 단추를 잘 꿰매야 고생을 덜 한다. 거듭 강조하지만, 경험 있는 분야에 진출하여야 최소한의 성장이 보장되며 부득이한 경우 본인이 직접 발품이라도 팔아서 열심히 땀 흘린 사람은 창업 후에 눈물을 흘리지 않아도 된다.

결론적으로 본인이 직접 간접으로 경험해 본 업종, 익숙한 분야를 선정해야 실패의 위험을 줄일 수 있다. 창업에 대한 치밀한 계산과 흥분하지 않는 냉철함만이 본전을 지키는 유일한 길이다.

하지만 미래가 있는 실패는 아름답다.

■ 자신이 바라는 인생을 산다

· 자기 자신을 가장 먼저 생각한다.
· 자신의 장점만을 의식한다.
· 하고 싶지 않은 일은 하지 않는다.

· 싫은 소리를 하는 사람과는 상대하지 않는다.

· 자신의 일을 즐긴다.

· 성공을 이루기 위해 구체적으로 행동한다.

· 자기 자신의 가치를 믿는다.

· 스스로 생각하고 스스로 결정한다.

· 자신의 인생에서 일어나는 모든 일에 책임을 진다.

· 자기 자신은 반드시 행복해진다고 믿는다.

제 6 장

전업을
살아남는
작전으로
생각하라

21 | 변화하는 거리의 세력 판도

■

인간만큼 자기 이익에 예민한 동물은 없다. 다른
동물은 배가 고프면 먹을 것을 찾지만, 그 이상은
바라지 않는다. 그러나 인간은 만족을 모른다.

'한 우물을 파라'라는 말은 우리 나라에서 존경 받고 있는 명언이
다. 몇 십 년이고 한 가지 일에 집착해서 주위 사람들로부터 어떠한
말을 듣든 간에 한 우물을 파지 않고서는 도저히 성공할 수 없다는 것
도 사실이다.

도공이 집념과 노력 끝에 청자빛을 만들어 낸다든가, 어느 화가가
평생 동안 닭 그림만을 그린다든가 하는 예술적인 일이라면 굽힐 줄
모르는 노력이 성공을 말해 준다는 것은 틀림없다.

그러나 장사란 끊임없이 변화하는 수요에 대처하는 일이고 보면 한
장소에서 같은 일을 계속한다는 것은 성공하기가 어렵다.

지방도시에 가면 이런 경우를 잘 알 수 있다. 지방은 대도시보다 변
화의 속도가 느리다. 옛날부터의 상점가가 지금도 변함없이 지붕을
나란히 돈벌이가 안 되는 장사를 싫증도 내지 않고 계속하고 있다는
점포들이 줄지어 있다.

가끔 단체 친목의 일환으로 어느 지방 상공회의소에 참석하게 되면 그곳의 상공회의 회장이나 부회장의 직업을 물었을 때 목재상이나 양조장 등을 하고 있다면 나는 낙후된 지방이라고 판단한다. 즉 가업을 이어받아 일제시대부터 장사에 종사해 온 사람들이 지금도 그 지방에서 세력을 떨치고 있다는 것은 그 지방의 사업이 그다지 발전되지 못하고 있다는 확실한 증거이기 때문이다.

몇 십 년이라는 역사 속에서 어떤 장사에 종사한 사람이 성공했는가는 대개 정해져 있다. 목재상, 양조장, 여관, 미곡상, 전당포 등이 옛날부터 비교적 큰 장사였다. 미곡상이 식량관리법 이후에 몰락하고, 전당포는 어느 사이에 서민금고로 바뀌어 버렸다. 또 여관은 러브호텔로 바뀌었고, 양조장은 몇 번인가 관리 통폐합을 거듭했지만, 그래도 아직 지방에 따라서 옛 모습으로 남아 있을 뿐이다. 결국 목재상은 건설 붐에 힘 입어 가장 최후까지 남아 있었지만, 이것도 최근에는 막다른 곳까지 쫓기고 있는 실정이다.

그 대신 지방에 나타났다고 하는 것은 슈퍼마켓, 작은 규모의 전문 음식점, 주유소, 예식장, 러브호텔, 전자오락실 등일 것이다.

이런 새 장사를 하고 있는 사람들은 그 지방의 본토박이 자본가들이냐 하면 반드시 그렇지도 않다. 대부분이 그 도시와는 아무 연고도 없는 타지방 사람들이란 사실이다.

특히 슈퍼마켓은 종래부터 있어 온 상점의 주인들과 경합 관계에 있으므로 같은 고장의 사람은 발을 들여 놓을 수 없는 입지에 있다. 우물쭈물하는 동안에 기존 소재지의 큰 슈퍼에게 점령당하고 말았다고 하는 케이스도 보인다.

한편 같은 소도시 중에서도 조금 상재가 있는 사람들이 새 장사를 개척해서 성공하고 있음을 엿볼 수 있다. 읍의 입구나 도로변에 짜임새 있게 주유소를 개설했다든가, 한적한 공터에 오락장을 개설했다든가 하는 것은 그 고장의 양복점 아들, 식당집 아들이기도 하다. 좀더 발전하여 새로운 필수품을 파는 장사로 대체함으로서 이들 젊은층은 기존업자들을 능가해서 은행지점의 유력 멤버로 어깨를 나란히 지방유지로 변신한다.

또다른 부류는 양조장이나 목재상 등 예전부터 토박이 자산가며 눈치 빠른 무리들이 재빨리 다각경영에 진출해서 성공한 예이다. 그러한 사람이라도 선친으로부터 받은 상속 가업을 깨끗이 버리고 주유소나 슈퍼로 전환했다는 사람은 거의 없다.

가업을 지키면서 건설업(이것은 군, 읍면의 공사를 안면으로 딸 수 있다), 비료상, 주유소, 소규모 슈퍼 등에 손을 댄다. 이것들은 모두 소도시의 새 수요를 대표하는 업종이므로 빠르게 대체를 한 자산가는 살아남고, 농협조합장이나 의용소방대장 같은 지위를 지금까지도 유지하고 있다.

그러나 그러한 사람은 전체적으로 수가 적고, 공업이 그다지 발달하지 못한 변방 지역에서는 찾아 볼 수 없다. 지방의 위성도시에서 공업이 발전한 곳에 가 보면 이런 사람들은 거의 자취를 감추고 겨우 지주, 자산가로 남아 있을 뿐이다. 드물게 그런 사람이 본바닥 출신이라는 이유로 경영자 단체 대표 자리에 앉아 있는 예는 있지만, 그 규모에 있어서 공장을 가지고 성공한 사장이라든가, 그 지방에서 체인점을 넓혀가고 있는 할인점 사장들에게는 도저히 따라 가지 못하고 있다.

공업도시의 성공자는, 첫째로 타처의 사람들이 많고, 둘째로 벼락 출세자가 많으므로 거리 전체의 변화를 10년 단위로 보면 크게 달라져 있다. 다시 10년을 거슬러 올라가서 돌아보면 경제의 세력권이 완전히 바뀌어 버렸다는 것을 느낄 수 있다.

요컨대, 같은 위치에 있으며 불변의 자세로 자리를 보존하고 있는 것은 거의 없다고 해도 틀린 말은 아닐 것이다.

지방도시의 경우는 변화가 둔해 영사기를 천천히 회전시키며 보는 형상과 같으므로 명확히 알 수 있지만, 대도시 역시 기본적으로는 같은 패턴이다.

어제까지 양품점이 있던 곳에 오늘은 제과점이 들어선다. 어제까지 그릇가게가 있던 곳에 오늘은 스포츠웨어 매장으로 바뀐다. 침구점이었던 곳은 분식집이 되고, 금은방이었던 곳이 호프집이나 피자가게로 변한다.

하나의 점포가 폐업을 한 뒤에는 금방 새 점포가 개업하므로 장사는 계속해서 이어지고 있는 듯이 보이지만, 몇 십 년이고 같은 업종을 계속하고 있는 가게는 많지 않다.

오랜 동안 계속해 온 장사라도 변혁기에 접어들면 서둘러 점포 정리를 하게 된다. 지금이 꼭 그런 시기에 놓여 있다고 생각된다.

■ 우물 안에 있되 우물 밖을 생각하라

성공한 사장들은 '세계화'를 어떻게 생각하고 있을까?

칼스버그 그룹의 플레밍 린델뢰프는 '최고의 국제적인 브랜드는 글로컬(Global+Local) 브랜드'라고 말하였다. 세계적으로 생각하되 지역적으로 행동하라는 말이다. 그는 성장의 기호를 찾아 덴마크라는 좁은 나라를 벗어났다. 그에게 세계화란 '입맛과 기호가 덴마크와는 전혀 다른 지역에서 외국산 고급 제품이라는 이미지를 심어 놓는 일'이다. 지역 특성에 맞는 제품을 효과적으로 광고하면서 외제라는 느낌을 최대한 살린 것이다. 그는 평소 "우물 안에 있되 우물 밖을 생각하라"는 말을 즐겨 사용했다.

22 | 사양산업의 아침과 저녁

■

사업이 처음의 계획과 크게 어긋나고 그런 상태가
계속되면 최소한의 경비로 견딜 수 있도록
축소하는 결단이 필요하다. 가랑비에 옷이
젖는 데는 많은 시간이 걸리지 않는다.

지금까지 해 온 장사가 도무지 흑자가 나지 않는다. 아니면 지금까지는 좋았는데, 돌연 장사가 적자로 변하여 앞으로 어떻게 하면 좋을까 망설이게 된다. 그런 경우 지금까지 운영해 온 사업을 용감하게 덮어 버리는 것이 좋은가, 아니면 계속해야 하는가를 판단하는 기준은 어디에 두어야 하는가.

금방 누구의 머리에나 똑같이 떠오르는 것은 사양산업이라는 말일 것이다. 사양화되면 아무리 유능한 사람이 경영하더라도 열세를 만회할 길이 없다.

예컨대 석탄, 영화, 음반, 섬유 따위의 산업은 20년 전부터 이미 사양산업이라고 지적되어 왔다. 어째서 사양산업으로 보이게 되었는가? 업종에 따라서 반드시 이유는 같지 않지만 대체적으로 구분해 보면 다음과 같다.

1. 대체할 것이 나타난 분야

예를 들면 석유가 낮은 가격으로 대량 공급되면서 석탄은 사양화한다. TV가 보급되면서 각 가정의 안방에서 TV드라마를 볼 수 있으므로 영화가 동원할 수 있는 관객은 격감의 길을 더듬게 되었다는 점이다.

2. 수요의 신장이 둔화됐는데 공급은 더욱 용이하게 되어 과잉생산에 고민하는 업종

예를 들면 섬유는 얼마든지 증산이 가능하지만, 매상은 극한에 도달해 버렸다. 또한 사람과 화물을 운반하는 역할은 비행기나 자동차에게 빼앗겼는데도 선박의 생산 스피드는 한층 더 올라가 있다. 그러므로 국내 수요면에서 해운과 철도의 신장이 멈춰 버리자, 조선업과 차량제조업을 사양산업이라고 말하게 되었다. 그러나 해외 수출에 힘입어 현재 우리 나라는 조선 1위 강국에 자동차는 세계 생산량의 5위권을 자랑하고 있다.

3. 시대의 변화에 의해 돈벌이가 안 되는 업종

예컨대 고래잡이가 국제적으로 금지되어 조업을 할 수 없게 된 포경업, 재목으로 자랄 때까지 많은 시간이 걸리는 조림업, 차츰 손님이 뜸해지는 온천 호텔업, 만들어도 값이 싸기 때문에 채산이 안 맞는 섬유업, 에너지 대체로 급격히 몰락한 석탄광업 등등은 현재로서는 앞이 보이지 않는 업종들이다.

이들 어느 것인가에 속하는 업종은 역풍 속에서 배를 저어가는 것과 같으므로 어차피 종사하자면, 피해서 가는 것만 못하다고 말하고 있을 정도이다.

그러나 사양산업 중에는 수요가 전체적으로 신장하지 못하게 되었거나 공급 과잉이 압력으로 되어 돈벌이가 안 되게 된 것들도 포함되어 있으므로 전부라고는 단정할 수 없다.

섬유 같은 업종은 이미 20여 년 전부터 사양화라고 지목되어 왔으나, 지금에 이르러서도 변함없이 운영되고 있는 기업이 있다. 원료를 만드는 화학섬유 메이커나 방적회사는 모두가 업적이 악화되고 있지만, 패션계를 리드하는 디자이너 중에는 근년에 이르러 두드러지게 두각을 나타나고 있음도 간과할 수 없다.

한때 조선업은 해운의 불황으로 인하여 사양산업에 끼어들게 되었지만, 유류가 폭등하면 배의 구조를 바꾸지 않으면 안 되었기 때문에 새로운 수요가 발생하기 마련이다. 이에 힘입어 우리 나라의 조선업은 치열한 경쟁의 격랑 속에서 그 파고를 넘어 세계의 바다를 리드하기에 이르렀다.

영화산업이나 연극은 TV에 완전히 손님을 빼앗겨서 산업계의 성장에서 제외된 감이 없지 않지만, 다른 산업의 성장이 그치자, 한 발 먼저 속도가 정지되었으니 만큼 살아남기 업종의 선배격으로 고군분투하고 있다. 다행히도 한국영화는 유능한 제작자와 감독의 노력으로 관객 1천만 명을 동원하는 대기록과 함께 세계 영화제에서 우수 작품으로 선정되어 해외 시장 개척에 박차를 가하고 있는 실정이다.

한편 장사의 규모가 크지 않은 연극계도 소극장을 채울 수가 있어서 수입이 제작비를 능가하면 이미 성공했다는 갈채를 받는다. 어쨌든 영화계는 대자본과 어깨를 나란히 하여 중소 프로도 훌륭히 살아 남을 수 있다는 확신과 함께 새로운 토대가 마련되어 있다고 보아야 할 것이다.

한편 소매업은 백화점이나 슈퍼, 또는 통신판매나 호별 방문판매의 공세하에서 사양화의 길을 더듬고 있지만, 폐점하는 기업이 있는 가운데서도 또다른 유형의 소매점이 파생되고 있음을 엿볼 수 있다. 의류 소매점은 업적 부진에 빠져 업종을 바꾸는 경우도 많지만, 센스가 다른 새로운 점포가 속속 개점하고 있어 전체적인 통계 숫자로 지적되는 각 기업의 영고성쇠와는 별도의 변화라고 말할 수 있을 것이다.

▣ 사장은 창조의 중심이다

사장, 그는 고독한 위치에 있는 사람이다. 그 자리는 냉엄하고 쓰라린 고통이 따르는 직책을 소유한 사람이다. 24시간, 그가 겪어야 하는 스트레스와 긴장은 크게 수지 맞는 업무라고 할 수 없다. 그러나 달리 생각해 보면 그 이상 보람있고 즐거운 직무가 어디에 또 있겠는가?

23 | 기성 업종을 먹고 신장하는 새 장사

성장하고 싶다는 마음은 내부에서 용솟음쳐
나와야 한다. 또한 성장은 새로운 일을 시도
하려는 용기와 자신감을 의미한다. 그러나 한편
으로는 불안과 위험이 뒤따른다. 바로 앞에
무엇이 기다리고 있는지 알 수 없기 때문이다.

그러면 사양화라고 지적당하는 업종 이외에 무엇인가 더 좋은 상품을 고안해 낼 수 없는 것일까. 나는 짧은 기간에 급성장한 기업을 20년 동안 관찰해 왔지만, 그들 기업들 중에서 기반 잡기에 가장 용이한 업종은 거의가 옛날부터 해 오던 재래의 장사 터전을 빼앗아 거기에 대체해서 우위성을 가진 것들 뿐이다.

예를 들면 슈퍼는 1970년대에 탄생한 것으로 우리 나라에 있어서는 대형 유통체인으로 발전하여 매출액 1조 원이란 기업으로 올려놓았다.

그 급성장의 비밀은 어디에 있는가 하면 작은 슈퍼를 모델로 대형 할인점으로 발전하여 질적 변화를 거듭함으로써 소매점을 흡수하였기 때문이다. 즉, 소매점을 먹고 그것을 영양분으로 해서 대형 할인매장으로 성장한 것이다.

성장 산업 중에는 기술 혁신이 가져온 새로운 장사, 예컨대 전파산업이라든가, 음향산업, 전자산업 등이 있다. 신상품의 개발이 새 수요의 개척에 연결된다고 하는 경제이론을 뒤엎을 만한 업종도 그 중에는 포함되어 있지만, 그러한 신상품까지 보급해 나가는 과정에서 반드시라고 할 만큼 기성업체의 사활에 큰 영향을 줄 정도에 이르렀다.

예를 들면 영화관은 소극장을 잡아먹었지만, 방송국은 영화관을 먹고 대산업이 되었다.

이러한 눈으로 보면 구식 장사에 대체하는 새로운 스타일의 업종이 나타나면 새 장사는 옛 장사를 먹고 커지고, 옛 장사는 어느 사이인가 모습을 감추어 버린다.

▣ 삶의 향기를 음미하라

조그만 침대에서 긴 여름밤을 낭비하고 나서야 인생이 얼마나 귀중한가를 깨닫고, 50대, 60대가 얼마나 빨리 다가 오고 그 모든 것을 감사히 받아들이지 못한 것을 후회하게 된다는 사실을 젊은 시절에 깨닫게 하는 방법은 없는 것 같다.

젊은 시절에 주어진 행복을 놓치지 않으려면, 모든 것을 이용하고, 모든 제안을 받아들이고, 무전여행도 해 보고, 주말을 다른 사람의 집에서 보내기도 하고, 하룻밤쯤 멋을 내기 위해 모피 코트를 빌려 입어도 보고, 파티에서 남은 과일을 싸 들고 집으로 돌아와 보기도 해야 한다. 혹시 가지고 있다면, 멋진 은장식이나 비단 혹은 보석도 모두 사용해 보아야 한다. 어느 것도 상자 속에 처박아 두거나 보관해 두지 말고 끄집어 내어 놓고 마음껏 사용하는 것이 좋다.

친구도 올바르게 이용할 줄 알아야 한다. 당신의 아파트를 친구들을 불러들여 즐기는 데 사용될 수 있어야 하고, 즐거움을 얻을 수 있도록 사용되지 않은 그것은 당신이 낭비해 온 모든 것 중에서 가장 큰 낭비가 될 것이다.

24 | 상류보다 하류가 공격 쪽이다

■

경쟁자는 악이기도 하고 독이기도 하다. 자신에게
축복일 수도 있고 불행일 수도 있다. 그러므로
경쟁자가 있다는 사실만으로 이를 무조건 나쁘다고
생각하는 것은 옳지 않다.

예를 들면 섬유산업은 사양사업인가? 하고 묻게 되면 대개의 사람
들은 "네, 사양산업입니다."라고 대답할 것이다. 그러나 섬유산업이
공격 쪽이냐, 공격을 받는 쪽이냐고 묻는다면 쉽게 대답하지 못할 것
이다.

왜냐 하면 아무리 섬유가 과잉 생산된다 하더라도 불필요하다는 것
은 아니며 같은 섬유산업 중에서도 돈벌이가 되는 부문과 그렇지 못
한 부문이 있으며, 공격하는 기업과 공격을 받고 쓰러지는 기업의 차
이와 또 공격 쪽에서나 공격을 당하는 쪽도 살아남기 위한 상법이 적
용되기 때문이다.

한마디로 섬유라고 하지만 수비 범위는 넓다. 그 소재도 가지각색
이고 다양한 옷감에 이르기까지의 가공 공정도 천차만별이다. 오늘날
의 말로 표현하면 이 부분은 섬유산업의 상류 쪽에 해당한다.

이어서 원단을 가공해서 Y셔츠나 양복, 양말을 만들고 다시 이것을

도매로 넘기기도 하고 소매로 판매하는 부분이 있다. 이 부분을 하류 산업이라고 부른다.

일반적으로 말해서 물건이 부족한 시대에는 상류에 군림하고 있는 자의 발언권이 강하다. 생산 설비가 충실하여 수요를 오버할 만큼의 생산 능력이 활발해지면 상품이 시장에 넘쳐 흐르게 되므로 상류측 장사는 돈벌이가 안 되지만 하류에서 상품을 만드는 능력을 가진 소규모 가공 공장이 큰 소리를 치게 된다.

아무리 돈을 벌게 되었다고 해도 하류 가공 공장은 겨우 중소기업으로 올라서는 것이 고작이고, 그 스케일이 상류 메이커에 미치지 못하지만, 한편으로 규모는 작지만 이익률이 높은 기업이 속속 출현하게 되어 같은 업종 가운데 가장 '짭짤한 부분'이 시대와 함께 변천한다는 사실에 주의를 끌지 않을 수 없다.

가령, 한 장에 5만 원하는 Y셔츠를 백화점에서 팔고 있다고 하자. 소매점인 백화점은 60% 가격으로 사입하므로 40%의 이익이 있다. Y셔츠 도매상 또는 메이커는 대개 40%의 가격으로 생산하거나 사입해서 60%로 납품하므로 이익은 20% 정도이다.

이 경우 메이커라 함은 기획해서 발주를 하는 측을 가리키며, 반드시 공장을 가지고 있다고는 말할 수 없다. 도리어 그러한 메이커는 자신이 공장을 가지지 않고 하청업자에게 발주하는 것이 보통이다. 하청업체는 40%로 납품하지만, 원단값, 부자재값, 공임 등을 빼면 10%의 이익도 어렵다.

왜냐 하면 공장을 유지해 나가기 위하여 본의 아니게 싼값 수주도 하지 않으면 안 되고, 주문이 없을 때는 생산직 직원을 놀려야 되는 경우도 발생하기 때문이다.

원단을 제공하는 포목상에는 도매점도 있고, 또 메이커도 있다. 더 거슬러 올라가면 염색공장, 연사공장도 있고, 원료가 되는 실을 뽑는 방적 메이커에까지 이르게 된다. 5만 원 Y셔츠에 사용되는 값은 단돈 5천 원이므로 그 전부가 이익이라고 해도 5만 원 중의 10%에 불과하므로 웬만큼의 양이 아니고서는 돈벌이가 되지 않는다.

상류에 군림한 메이커가 원자재인 실의 생산부터 시작해서 점차 하류까지 진출하여 자사의 상표를 붙인 Y셔츠를 팔고 싶어 하는 의도는 최종 소비자가 접하는 소매 부분 60% 선까지 지배해서 그 이익에 정착시키고 싶기 때문이다.

실에서부터 시작하여 백화점 끝선까지 일련의 과정에서 얻어지는 이익이 가장 높은 부분이 소매라는 지점이다. 그러므로 소매 부분에서 가격을 무너뜨리지 않고 대량 판매할 수 있는 사람이 가장 많이 돈을 벌게 된다는 사실을 입증하는 셈이다. 그러나 세상은 잘 짜여져 있어서 이 부분에는 경쟁자가 치열하여 소매점의 점포당 매상은 그다지 크지 못하다.

그래서 같은 섬유를 취급하는 업자 중에서도 이익에 예민한 사람들은 기획 상품을 만들어 시장을 노린다. 물론 이 부분도 격심한 경쟁에 불붙어 있지만, 히트 상품을 창조해 나갈 만큼의 능력을 가지고 있으면 섬유산업 중에서 가장 짭짤한 부분의 할당을 받을 수 있을 것이다.

유명한 디자이너의 이름은 없지만 사치성 상품으로 확고한 지위를 구축한 메이커로 가장 실속 있는 장사를 하고 직영 매장까지 겸영해서 두 번째의 짭짤한 매출 부분도 동시에 건져 내고 있다. 이것이 섬유산업에서의 공격 쪽이고, 다른 부분은 공격을 당하는 쪽이라고 해도 맞는 말이 아닐까 한다.

공격 쪽의 섬유 메이커는 소비자의 동향에 대하여 항상 신경을 곤두세우고 있다. 젊은층을 겨냥한 숙녀복과 케쥬얼 등은 유행에 가장 민감한 품목이므로 조금만 잘못하면 체화되어 원가도 안 되는 싼값에도 가져 갈 상대를 잃는다. 그러한 격심한 경쟁 속에 있는 만큼 항상 임전태세가 갖추어져 있어서 뜻밖의 도산은 당하지 않는다. 흔히 신문에 나는 섬유업자의 도산은 대개는 공격을 받는 쪽의 변화의 흐름을 무시한 구체제의 섬유업자들이다.

이러한 눈으로 보면 섬유업자뿐만이 아니고, 다른 모든 업계에서도 공격 쪽과 공격을 당하는 쪽의 구분이 비교적 명확히 구분되어 있다. 거리의 아이들을 상대하는 막과자점은 제과점의 공격을 받아 모습이 사라지고, 막과자점 상대의 유명 제과점 역시 옛날의 면모는 없어지고 서둘러 커피숍이나 레스토랑으로 업종을 바꾸고 있지만, 신흥 체인 점포에는 상대가 되지 못한다.

또 맞춤 양복점은 기성복 메이커에 쫓겨서 한 집 한 집 그 모습이 사라지고, 겨우 기성복을 못 입는 특수 체격 상대의 맞춤점이 명맥을 유지하고 있지만, 최근에는 그런 종류의 기성복도 많이 나오게 되고, 한편으로는 제작에 대한 기술 연구가 기성복 메이커 보다 크게 뒤떨어지므로 더 한층 쇠락의 일로를 더듬고 있다. 백화점 안에 있는 맞춤복 코너가 한산한 것을 보아도 그 경향을 짐작할 수 있다.

그 반면 백화점 매장 안의 전시장이나 공연장이 두드러지게 많은 사람을 모으게 되었다. 가구 매장보다는 분재 매장에 많은 사람이 모여들고, 한복 매장보다는 골동품점에 더 많은 사람들의 발걸음이 이어진다.

백화점은 인기가 있는 쪽에 매장 면적을 넓혀 가면 되지만, 소매 점포는 한정된 상품밖에 취급할 수 없으므로 백화점과 비교도 안 된다.

따라서 소규모의 장사를 하고 있는 사람은 만약 자기가 공격을 받는 쪽에 있다는 것을 눈치 채게 되면 폐점 시기가 가까워졌다는 사실을 각오해 두는 편이 현명한 선택이다.

◼ 시간은 머물지 않는다

소년은 늙기 쉬우나 학문을 이루기는 어렵다. 순간순간의 세월을 헛되이 보내지 말라. 연못가의 봄풀이 꿈에서 채 깨기도 전에 층계 앞의 오동나무잎은 가을소리를 내느니라.

25 | 풍요로움 속에 젖어 있는 사회 풍경

■

정열의 불을 항상 태울 수 있는 사람이야말로
세계를 그의 손에 움켜 쥘 수 있다. 우리의 목표를
위해서는 열정과 호기심, 자신감과 기대를 가지고
다소의 위험을 무릅쓰고라도 과감히 인생에 부딪치며
살아가야 한다.

가장 명확하게 세상의 변화를 우리들에게 보여주는 것은 연이어 출판되는 신간 서적의 홍수이다. 매일 신문을 펴면 반드시 서적 광고가 나 있다.

최근 우리 나라에서는 평균 1년에 60만 종의 서적이 새로 발간되고 있다는 것이다. 왜 이와 같은 현상이 일어나는가 하면 기존의 서적은 세태의 흐름에 따라 현대인의 기호에 맞지 않는 것이 주된 원인이겠지만, 급속히 생활화된 인터넷의 보급이 큰 영향을 주었다.

지금 여기서 그 전환기가 왔다고 하는 것은 사회가 변하고 그 사회를 구성하며 사는 사람들의 생활 감정에 변화를 가져왔기 때문이다. 이 변화를 한 마디로 말하면, '가난에서 벗어나는 사회'에서 '풍요로움 속의 사회'로의 변모일 것이다.

풍요로움 속에 묻히게 되면 입는 옷에서부터 먹는 것, 여행지에서 하고 싶다는 생각까지도 변해 버린다. 따라서 그러한 정보를 전해 주는 저널리즘의 내용이 가장 먼저 변하지 않으면 안 되지만, 자산가가 시대의 변화에 적응하지 못하는 것과 같이 기존의 대형출판사가 반드시 독자의 요구에 대응할 수 있다고 단정할 수는 없다.

거기에서 '적자생존의 법칙'이 지배하여 지난날의 일류 출판사의 쇠퇴 모습이 눈에 띄게 된다. 그러나 대형출판사 중에서 눈치 빠른 사람들은 적응력을 잃은 편집 진용을 대체시켜 취향을 바꾼 새로운 책을 낸다.

이들 중에는 타사의 내용을 모방한 것이라고 생각되는 책도 적지 않지만, "뭐, 상관없어. 아이·비·엠(IBM)의 아이디어를 훔쳤더라도 그보다도 잘 팔리면 그만이니까."하는 위세에 내맡기는 다소 몰염치한 영업 전략을 펴기도 한다.

다음은 신인의 등장이라 할 수 있다. 신인 중에는 편집자로서 이 길로 들어온 자가 새로이 경영자 무리에 낀 경우도 있지만, 전혀 타 업종에서 뛰어든 사람도 있다. 어느 쪽이나 기존 업자들이 가지지 못한 아이디어와 재능이 있으면 충분히 출판계의 일각에 교두보를 구축할 수가 있다.

성공의 가부는 단 한 가지로 풍요로움 속에 젖은 생활인들의 수요 변화를 잘 수용하느냐 못 하느냐에 달려 있지만, 이것은 예상 외로 어려운 작업이다. 따라서 한 종류의 잡지를 성공시키기 위해서는 막대한 자금을 투자하면서도 채산이 맞는 잡지로서 살아남는 경우는 대개 10여 종 정도, 즉 확률은 겨우 2.5%라는 것이다. 그래도 계속해서 신규 참가자가 이어지는 것은 시대에 맞지 않으면 살아남지 못한다고 하는 밀도가 높게 요구되는 상품 중의 하나이기 때문에 매력을 느낀다.

이런 의미에서 잡지를 경영해서 살아남을 정도의 예민한 촉각을 가지고 있다면, 다른 사업에서도 임기응변의 처치를 취하는 정도는 그다지 어렵지 않으리라고 여겨진다.

잡지의 경우 내용이 바뀐다고 해도 종이에 인쇄를 한다고 하는 과정은 같으므로 장사를 바꿨다고는 할 수 없다고 생각할 사람이 있을지 모른다. 그러나 여성, 어린이를 대상으로 한 두 잡지의 내용이나 판매 전략이 같다고 생각할 사람은 없을 것이다.

지금까지 바지를 입고 단정히 넥타이를 매고 있던 사람에게 귀에 이어링을 달게 하고 조선시대의 복장을 입히고 서울 거리를 활보하라고 하는 엉뚱한 짓을 요구할 정도라면, 이것은 어디에도 공통점이 없는 일을 하지 않으면 안 되는 것과 같은 행위다.

이와 같은 용단 있는 전환을 하지 않으면 살 수 없다고 하더라도 그것을 할 수 있는 사람이 과연 열 명 중에 한 명이라도 있을까.

'아홉 명이 사라지고 한 명이 살아남았다. 나머지 아홉 명의 빈 자리를 이어링을 달고 조선시대 복장을 해도 이상하지 않은 자들이 그 자리를 차지한다. 사라진 아홉 명은 어디로 갈 것인가? 어디로 가야 옳은 것인가?'

한 가지 분명한 생존의 법칙에는 바람을 정면으로 안고 살고 있는 사람과 비바람을 피해서 조용한 곳에 살고 있는 사람이 있다는 것이다.

바람은 유행이다. 유행은 어지럽게 수시로 변한다. 유행을 따라 가지 못하는 사람은 바람의 피해를 입는다. 정말 운없게 거리를 지나다가 떨어지는 간판에 머리를 맞고 빈사의 중상을 입는 경우도 있다. 그러므로 자기 머리 속의 풍향기의 말을 듣지 못하게 된 사람은 풍향기가 필요 없는 지점으로 자리를 옮겨야 할 것이다.

예를 들면 잡지사는 바람의 방향을 끊임없이 살펴야 하는 업종이다. 글을 쓰는 작가에게도 같은 자질이 요구된다.

그러나 책이나 잡지를 파는 장사는 풍향기를 필요로 하지 않는다. 어떤 책이 팔리는가, 어떤 잡지에 인기가 집중되는가는 손님들이 정한다. 그런 고객의 동향을 살피고 알아야 할 곳은 출판사며, 불찰의 위험 부담은 모두 출판사의 몫이다. 서점은 다만 잘 팔리는 책을 팔고 팔리지 않는 책은 본점(출판사)에 반품하면 그만이다.

서점이 신경 써야 할 점은,

(1) 서점의 위치는 좋은가.

(2) 고객에 대한 서비스를 어떻게 할까.

(3) 고객을 가장한 책 도둑을 어떻게 방지할 것인가.

하는 것 뿐이며, 상공에는 큰 바람이 불고 있더라도 산이 막아주는 분지 안에는 언제나 미풍이라는 것이다.

그러므로 항상 큰 바람이 불고 있는 곳, 큰 바람이 불어올 듯한 위치에서 장사를 하고 있는 사람은 거기에 대항할 수단이 있으면, '이어링을 달고 조선시대의 복장을 입어도' 좋지만, 그 짓을 할 수 없다는 것을 알면 서둘러서 무풍지대로 이사를 가면 되는 것이다.

전업은 샐러리맨의 몫이 아니라 자영업자가 때때로 용단을 내리지 않으면 안 되는 최상의 선택이다.

살아가노라면 고통은 피할 수 없고, 막을 방법도 없다. 하지만 마음 먹기에 따라 모든 고통을 어느 정도는 조절할 수 있다. 옛날의 성인들은 일부러 고통을 찾아 맞서기도 했다. 힘을 주면 육체는 강해진다. 그러므로 정신에도 힘을 주어야 한다. 우리가 가지고 있으면서 기른 용기, 결심, 긍지 등은 무엇에 쓸 것인가? 고통이 없다면 그것들은 의미가 없다. 인간의 본성에서 가장 강력한 것은 정신력이다. 우리의 모든 힘, 육체의 힘과 정신의 힘이 한데 합쳐지면 그 강도의 힘은 어떠한 것으로도 막을 수 없다. 한 가지 일, 한 가지 문제에 전력투구하는 사람 앞에는 어떠한 장애물도 가로막지 못한다.

26 | 전업은 발밑이 밝을 때 단행하라

그렇다면 잘못된 사업은 어떻게 단념해야 할 것인가?

앞에서 말했듯이 인간에게는 누구나 '마지막 일념'이라는 판단력이 있으며, 또 그것을 존중하는 기풍이 있으므로 '버티는 데까지 버티어 보자' 하고 자신에게 다짐해 본다.

몇 십 년 동안 같은 사업에 숙달이 되어 있다는 점도 있고, 이 나이에 서툰 사업으로 바꾼다는 불안감도 숨길 수 없다. 그러므로 마지막 일념이 좋은 구실이 되는 면도 없다고는 할 수 없다.

대개의 경우는 어쩌다가 한 가지의 사업을 어느 정도 성공시키면 그것을 대성시키려는 생각보다는 또다른 새로운 사업에 손을 대 볼까 하는 방법에 익숙하게 되었으므로 직업을 바꾸는데 아무런 저항도 없고, 거의 불안감도 느끼지 않는다.

주식을 하는 사람의 금언에 '단념이 천 냥'이라는 말이 있지만 불리하다고 생각되면 단념하는 것이 중요하며, 그것을 잘못 처리함으로써 깊은 상처를 입는 것에 오히려 불안을 느낀다.

왜냐 하면 부도를 내서 도산하게 되면 가까운 친구로부터 멀어지게 되고, 아무리 빨라도 2년쯤은 뒤치다꺼리를 하느라고 쫓겨서 새 사업에는 일체 손을 댈 수가 없다.

그러한 지경에 도달할 바에는 위험 신호가 보인 지점에서 눈을 똑바로 뜨고 어차피 결과가 뻔한 것이라면 이 계제에 출혈은 이쯤에서 멈추어야 한다는 깨끗한 해결책이 현명한 방법이다.

손해를 각오하고 일을 중단한다는 것은 새로운 사업을 시작하기 위하여 집을 담보로 넣는 것보다도 더한 용기를 필요로 한다.

마치 이혼에 익숙한 남자가, "그럼, 이젠 헤어지자. 위자료는 얼마로 할까?"하는 행위와 흡사하다. 그래도 점포를 닫을 때는 역시 가슴이 아프다. 자기가 '이거다' 하고 생각해서 시작했던 일이니 만큼 애착이 가고 실패와 함께 자기가 착각했다는 현실을 인정한다는 것은 참으로 쓰라린 일이기 때문이다.

그러나 어차피 직면하지 않으면 안될 현실이고 보면 재빨리 단념에 착수하는 것이 옳다고 생각한다.

사실은 그렇다고는 하지만, 바람에 흔들리는 갈대처럼 작은 바람이 일때마다 동요해서는 안 되므로 "도저히 안될 것 같군." 하고 생각하면서도 즉시 단념하지 못하는 것이 인간의 마음이다.

'돌 위에서 3년'이라고 어떻게든 3년은 버티어 본다. 3년을 버티어 봐도 도무지 호전의 기미가 없을 경우는 그만둘 계기를 심각하게 생각한다. 즉 '돌 위에서 3년'이란, 3년 버티어 봐도 안 되는 일은 빨리 멈춰라 하는 뜻으로 해석하는 것이 현명한 생각이다.

왜냐 하면 지금처럼 정세 변동이 심한 시대에서는 경기 흐름의 사이클이 3년이나 4년에 불과하며, 그 사이클에 재치껏 맞물리지 못하면, 그것은 계획 착오였다고 생각하는 것이 옳다고 판단하고 있기 때문이다. 인생은 짧은데 틀린 것에 대하여 몇 년씩이나 주저주저한다는 것은 삶의 낭비며 눈 깜짝할 사이에 인생이 끝나 버릴 염려가 있기 때문이다.

이런 말을 해도 '단념이 천 냥'의 실행을 할 수 있는 사람은 그다지 많지 않을 것이다. 단념한다는 것은 자기 팔뚝을 스스로 잘라 버리는 고통과 같으므로 누구나 주저한다. 주저하는 마음은 인간으로서 당연한 심리인 것이다. 그러나 그 결과 팔뚝만 잘린 것으로 수습이 되었을 것을 몸 전체로 옮아가서 이미 만사지탄을 부르짖게 되는 경우를 흔히 본다.

그러므로 '전업을 하려거든 아직 발밑이 밝은 동안에'라고 하는 것이 마지막 한계인 것이다.

그래도 아직 구제책이 있는 것은 현실에 팔다리를 몽땅 잘린 경우와는 달라서 잃어버린 돈은 적당한 기회에 다시 진영을 가다듬기만 하면, 훗날 완전 수리가 가능한 기회가 될 것이다. 일시적으로 전 재산을 기울어뜨리는 정도의 일은 그다지 대수롭지 않다.

■ 기업가의 정신

워싱턴 대학교의 베스퍼(Vesper) 교수는 다음과 같이 기업가의 정신을 정의하였다.

"다른 사람들이 찾아 내지 못한 기회를 발견한 인간, 또 사회의 상식이나 권위에 사로잡히지 않고 새로운 사업을 추진할 수 있는 인간이야말로 기업가다. 가장 중요한 것은 기업가 정신이 행복을 추구하는 수단이라는 점이다. 어떻게 살 것인가? 무엇이 행복한 것인가? 를 진정으로 이해하고 있는 인간이야말로 기업가다."

제 7 장

발가벗으면
재기가
빠르다

27 | 역경이 심한 성공에의 길

■

나는 평범한 사람이 되는 것을 거부한다. 나의
능력에 따라 비범한 사람이 되는 것은 나의 권리다.
나는 보장된 삶보다는 도전을 선택한다. — 기업가의 신조

'성공인'이라는 사람들의 면모를 살펴보면 처음부터 한 가지 사업에 연연하지 않았다는 사실을 엿볼 수 있다. 대개는 여러 종류의 일에 실패하고는 또다른 사업에 착수하여 몇 번이나 시행착오를 거듭한 후에 겨우 천직이라고 할 만한 일을 붙잡게 된 것이다.

예를 들면, 내가 아는 사람 중에 제과업을 해서 돈을 번 사람이 있는데 "전에는 무슨 일을 했습니까?" 하고 물었더니, "조개껍질을 동그랗게 갈아 귀걸이를 만들어 시장 노점상을 한 일이 있습니다." 또, "다용도로 사용할 수 있는 옷걸이를 판 적도 있습니다."는 대답을 하는 것이었다. 제과업과는 전혀 연관이 없는 일이지만, 이 사람은 일관해서 발명 연구로 돈을 벌려고 한 경향이 있다는 사실을 엿볼 수 있다.

또 지방 도시에서 슈퍼마켓을 경영해서 나름대로 성공한 사람이 있다. 그곳에도 대형할인매장의 공세가 심한 나머지 대처할 수 있는 방법을 상담하기 위해 찾아왔다.

그때 나는, "지금의 점포는 그들에게 인계하고, 작은 소읍으로 자리를 옮겨보는 것이 어떻겠습니까?" 하고 제안했다.

소읍이라고 해도 산간 벽지는 아니고, 인구 1~2만 이하의 읍이나 면 단위이므로 대형할인매장이 공격해 와도 그들로서는 채산을 맞출 수 없는 고장이다. 군청 소재지쯤 되면 싸구려 경쟁으로 매상에 비하여 이익률이 저하되는 만큼 규모가 큰 경쟁이 없으므로 20% 이익률을 유지할 수가 있다.

그러나 내 제안을 듣자 그 슈퍼 사장은 망설이는 표정을 보이며,

"사장님, 나는 내 사업체를 팔면 몇 억 원 정도의 돈은 되리라고 생각합니다. 하지만 명색이 슈퍼의 소유주이므로 상공회의소나 지역유지로 사회 활동을 할 수 있습니다. 그러나 내가 슈퍼를 내놓는다면 사회적 지위는 없어져 버릴 것이 아니겠습니까."

"또다른 새 장사를 찾아서 하면 될 것이 아닙니까?"

"그렇게 말씀하시지만, 지방에서는 이렇다 할 새 장사는 여간해서 얻기 어렵지요. 나는 이제까지 목재상도 했고, 제화점, 오락장도 운영해 봤지만, 어느 것 하나 성공해 본 적이 없습니다. 겨우 슈퍼로 눈 코가 붙었을 정도입니다."

이상의 이야기로 알 수 있듯이 성공에 이르는 길은 절대로 평탄한 대로가 아니라, 굴곡이 심한 역경의 가시밭길이다. 거기다가 때로는 경험 부족으로 암초에 걸려 부도를 내거나 당해 도산하는 경우도 허다하다.

지금 경제계의 제일선에서 활약하고 있는 실업가 중에도 과거에 도산하여 빚쟁이들에게 끌려다닌 경험을 가진 사람의 말은 빌리면

"도산은 부끄러운 일이기는 하나, 완전히 재기 불능에 떨어지는 지옥은 아니다."

라는 뜻을 이해할 수 있을 것이다.

문제는 몇 살 때쯤에 그런 불상사를 일으켰는가, 또 몇 번이나 그런 일을 저질렀는가 하는 데 있는 듯하다.

속담에 '젊은 혈기 탓'이라는 것처럼 경험이 적은 시절의 잘못은 사회에서나 주위 사람들이 관대하게 봐주는 경향이 있다. 그런데 어디까지를 젊은 혈기라고 단정지어 말하기란 좀 애매하다. 단순히 나이만 가지고 정할 수는 없지 않은가.

20대 젊은 나이에 사업을 시작하는 사람도 있다. 나이의 여하를 막론하고 처음으로 경험하는 부도라면 '젊은 혈기 탓'이라고 봐도 틀린 것은 아니지만, 역시 30대와 50대는 세상에서의 받아드리는 시선이 다르다.

30대라면, "저 놈은 아직 젊었으니까 재기할 기회가 있을 거야." 하고 관대하게 취급하나 50대가 되면, "이제 저 사람은 재기 불능이다." 하고 버림 받게 된다.

다시 몇 년 걸려서 2회, 3회 실패를 거듭하게 되면 결함 인간으로 취급되어 어느 누구도 상대해 주지 않는 업계의 외톨이가 된다. 아무리 우수한 재능을 가진 사람이라도 기업가로서의 치명적인 결함을 가지고 있으면 그의 삶은 실패로 끝나기 마련이다.

아침부터 퇴근 시간까지 하루를 짧고 빠르게 보내는 좋은 방법이 있다. 그것은 상사의 눈을 속여서 15분 가량 늦게 출근한다든가, 15분 일찍 퇴근한다는 부정 행위가 아니다. 또 점심시간을 5분 가량 더 사용하는 약삭 빠른 행동도 아니다. 그런 부당한 마음을 가졌다면 하루가 더 길게 느껴질 것이다.

지혜로운 직장인은 노동시간을 짧게 하고, 자기가 하고 있는 일에서 지루함을 없애는 가장 효과적인 방법을 알고 있다. 즉 자기 일을 휴가를 보내는 것처럼 즐긴다는 것이다. 이를테면 우리들은 저녁 일곱 시에 파티에 참석해서 심야까지 머문다. 거의 하루 노동과 맞먹는 시간이다. 그러나 즐거운 시간이기 때문에 쏜살같이 지나간다. 바로 이것이 요령이다. 일을 흥미롭게 하는 것이다. 그렇게 하면 그날은 짧은 하루를 보낼 수 있다.

28 | 집을 살 수 있는 능력이 재산이다

성공한 사람은 시간을 잘 다스린다. 다른 사람과 경쟁하지
말고 자기 자신을 스스로 창조하라. 당신이 이룩해 놓은
성과를 다른 사람과 비교하는 것은 시간 낭비일뿐이다.

그러므로 사업이 위험에 빠졌다고 파악되었다면, 아직 발밑이 밝은
때 발을 씻는 용단이 중요하다. 그러나 그런 때는 정신마저 평형을 잃
어 전후의 판단을 못 하는 사람이 많다.

내 친구 중에서 중소기업의 경영 진단을 하고 있는 사람이 사업에
손을 댔다. 타인에게 '돈벌이는 이렇게 하면 된다.'고 가르칠 정도니
까, 자기가 직접 하면 잘 되어 나갈 것 같았지만, 그렇게 되지 않는
것이 세상의 형편이다.

나 역시 성공한 쪽보다는 실패한 예가 많았음을 고백한다. 어쩌다
가 성공한 것이 많지 않은 재산을 가지게 했고, 그 재산을 밑천으로
웬만한 손실에는 견딜 수 있었으므로 이럭저럭 유지해 나가고 있을
뿐이다.

거기에 엄격한 제한을 내 스스로에게 다짐하여 '집이나 점포는 반
드시 직접 확인한 다음에 구입한다.', '어음은 절대로 끊지 않는다.',

'손해를 감당할 수 있는 범위인가, 또 세월이 흐른 후에 예정했던 목표에 도달하지 못하면 폐기해 버린다.'는 원칙을 가지고 사업을 하고 있으므로 치명상을 입는 일보 전에서 중단할 수 있도록 준비한다.

그러한 자제심을 적용하지 못하는 사람으로 신문기자, 학교 선생님 출신이 사업에 진출했다가는 대개 실패하므로 되도록 자중을 권고하고 있는 입장이다.

하지만 그러한 사람에게도 스폰서가 있고 은행에서 돈을 대출해 줌으로 깜박하는 사이에 깊이 빠져 버리고 만다.

흔히 매스컴에 등장하여 많은 강연과 유통혁명에 흥미를 가지고 방문판매와 소매업자의 조직화에 대하여 책까지 쓴 유명 인사라고 할지라도 이론적으로는 성립이 되지만, 정작 실행에 옮기면 오히려 세일즈맨으로서의 자질이 부족하여 업무를 감당하지 못하고 문을 닫는 경우를 본다. 이는 이론과 현실 사이가 얼마나 먼 거리인가를 반증해 주는 예이기도 하다.

앞에서도 말했듯이 돈 둘러대기에 쫓기게 되면 필연적으로 고리대금에 의뢰하게 되고 어음을 결제하기 위해서 다시 태평스럽게 어음을 끊는 악순환에 빠진다. 어느 사이에 빚이 눈사람처럼 불어나서 소소한 돈으로는 수습할 수 없는 지경까지 이른다. 그러므로 이왕 원조를 할 바에는 부도를 내서 아무도 상대해 주지 않게 된 후에 도움을 주는 편이 효과적이다.

이와 같은 부도 직전의 친구가 나에게 원조를 요청해 오자, 나는 단호히 거절했다. 이에 친구는 다른 친구들에게 돈을 빌리러 갔다. 걱정 끝에 친구 세 명이 모여서 본인으로부터 사정 이야기를 듣게 되었다.

조금도 숨김없이 사실 그대로 말하라고 하자, 본인은 가방 속에서 서류를 꺼내서 상세히 설명을 했다.

이미 자택은 담보에 묶여 은행에서 최대 한도액의 돈을 대출 받아서 매월 원리금 갚기에 쫓기고 있었다.

한편 사업을 대신 떠맡기로 한 사람이 있어서 어음의 일부는 청산할 수 있다고 했다. 부도 액수를 대조해서 상쇄해 보니 10억 원 정도 있으면 우선 부도는 막을 수 있지 않을까 하는 계산이 섰다. 그러나 그 전제 조건으로, 어쨌든 한 번은 발가벗지 않으면 안 된다는 것이 당시의 판단이었다.

나는 말했다. 우선 첫째로 집을 팔아버릴 것, 집을 싯가 5억 원에 팔아버리면 매월 은행에 지불하는 이자 7백만 원이 없어진다. 지금까지 해 온 사업은 타인에게 양도하고 2억 원을 그 사람에게 떠맡긴다. 또 그 나머지 3억 원은 거액의 채권자로 되어 있는 한 사람이나 두 사람에게 집중시키고 어음의 지불 기일을 연기 받는 동시에 변제 방법에 대하여 교섭한다. 그 외에 몇 십 명에 이르는 소액 채무는 우리들이 보증을 서서 은행에서 1억 원 정도를 대출 받도록 해줄 터이니 그렇게 정리를 하자고 제안했다.

무엇보다도 거듭 말하지만 집은 꼭 팔 것, 주위 소문 따위에 신경을 쓰지 말 것, 가족에게 사실을 밝히고 동요하지 말도록 준비시킬 것, 그렇게 할 수 있느냐고 다짐을 받았다.

이에 대하여 본인도 전적으로 찬성을 표명했으므로 우리들은 약속대로 1억 원을 은행에서 대출 받도록 협력해 주었다. 그러나 돈을 빌려 낸 것은 좋았으나 이자는 한 번 갚았을뿐 집도 팔지 않고 채무 정리, 통합 등도 약속대로 이행하지 않았기 때문에 끝내는 도산하고 말았다.

그다지 큰 사건은 아니었기 때문에 화제에는 오르지 않아서 망신은 면했지만, 두 번 다시 우리들 앞에 모습을 나타내지 못하였다. 혹시 우리들에게 숨긴 또다른 채무가 있었는지도 모른다. 집을 팔고 발가벗게 되는 것을 어쨌든 피해 보려고 생각했기 때문에 도리어 무리를 가중시키게 된 결과를 초래했을 것이다.

사업하는 사람에게 집은 재산이 아니라, '집을 살 수 있는 능력'이 재산인 것이다. 친구를 재산으로 간주하는 것은 조금 지나친 말일지도 모르나 단지 돈을 만드는 능력을 도와주는 거래자일 뿐이다. 그러므로 한낱 열매와 같은 집 따위는 여차하면 버려도 아까운 물건은 아니다. 다시 입수할 수 있는 씨앗을 더 중히 여기는 마음가짐이 올바른 사업가의 자세다.

그러나 이런 충고를 해도, '불난 집의 사람'이 아니라면 옳은 말이라고 생각할지도 모르지만, 자기가 집적 불 속에 갇히면 전후를 분간할 경황이 없을 것이다. 화재 현장에서 괴력을 발휘해서 장롱 등을 번쩍 들어내는 사람도 있다고는 하나 무일푼 신세가 된다고 생각하면 갑자기 재산에 더 집착하게 되는 것이 인간의 본성이다.

▣ 기업가의 신조

1986년 미국 기업가 협회는 기업가의 신조를 발표하였다. 이는 기업 활동에 참여하고자 하는 모든 사람들에게 용기있는 선언문이다.

"나는 평범한 사람이 되는 것을 거부한다. 나의 능력에 따라 비범한 사람이 되는 것은 나의 권리이다. 나는 안정보다는 기회를 택한다. 나는 계산된 위험을 단행할 것이고 꿈꾸는 것을 실천하고 건설하며 또 성공하고 실패하기를 원한다. 나는 보장된 삶에의 도전을 선택한다. 나는 유토피아의 생기 없는 고요함이 아니라 성취의 전율을 원한다. 나는 어떤 권력자 앞에서도 굴복하지 않을 것이며, 어떤 위협에도 굽히지 않을 것이다. 자랑스럽고 두려움 없이 꿋꿋하게 몸을 세우고 서는 것, 스스로 생각하고 행동하는 것, 내가 창조한 결과를 만끽하는 것, 그리고 세상을 향해 하느님의 도움으로 내가 이 일을 달성했다. 이것이 기업가다라고 힘차게 말할 수 있는 것이다."

29 | 알몸이 되면 두렵지 않다

■

사회적 신용의 추락과 경제적 파산, 가족과
피해를 본 사람에 대한 죄책감, 고독, 후회,
자신에 대한 미움, 이름 모를 분노에 몸부림을
치다가 폐인이 되거나 스스로 목숨을 끊는
극단적인 방법으로 생을 마감해야 하는가?

알몸으로 발가벗는 것이 그렇게 부끄러운 일인 것일까? 또 그렇게 두려운 것일까? 사람은 두려워 하는 상대가 있으면, 반드시라고 할 만큼 정면으로 부딪히는 습성도 함께 가지고 있다.

'마음을 버리면, 불도 차다'고 하지만 알몸이 될 각오를 하면 도리어 발가벗지 않아도 해결된다. 하물며 요즈음과 같이 건강한 신체와 일할 의욕만 있으면 어디든지 직장을 가질 수 있으며 재기의 기회를 노리는 것은 불가능이 아니다.

도산이란 무엇인가 하면 돈을 빌려준 사람과 물건을 사입하고 아직 그 대금을 지불하지 못한 상대편에게 폐를 끼치는 일이다. 그 중에는 자기의 고용인과 가족도 물론 포함되어 있다. 상대에게 폐를 끼치면 피해를 본 상대는 또다른 어떤 상대에게 피해를 주게 되는 것도 생각할 수 있다. 이를 연쇄도산이라고 한다.

한 번의 부도가 연쇄도산을 일으키는가 아닌가는 상대의 재력에 의

하지만, 여하간 도산이란 한 사람 또는 하나의 기업이 부담해야 될 것을 전후좌우의 사람들에게 부담시키는 고통의 행위다.

그러므로 도산이 큰 사건임은 사실이지만 사회 전체적으로 볼 때 장부에 기록하는 숫자나 세무서에 지불하는 금액이 변할 뿐이지 표면은 변하지 않는다. 회사가 쓰러져도 회사의 건물이 무너지는 것은 아니며, 회사의 기능이 일시적으로 멈출지는 모르지만, 회사 전체의 생산이 멈추는 것은 아니다.

그러므로 요즈음과 같이 불경기로 도산이 많을 때일지라도 그 고통의 물방울을 맞지 않은 사람에게는 대단한 일이 아니라고 생각할 것이다.

문제는 그 당사자들이 받는 절망적인 쇼크이다. 자기의 손해를 상대에게 부담시키는 행위이므로 자기의 밑을 타인에게 씻어 달라는 거나 마찬가지다. 단순한 상거래를 하는 상대에 불과하지만 오랜 동안의 교제 과정에서 안면도 익히고 신뢰 관계도 쌓았을 것이다. 그러므로 타인에게 폐를 끼치는 시점에서 어떤 피해를 주느냐에 따라서 받는 인상에 차이가 생긴다.

J모직의 창업주였던 S씨는 분식결산으로 고소를 당하여 사장직으로부터 인책 사임당했지만, 검사가 조사해 보니 사장의 집에는 에어컨도 없었다고 한다. 그러니 숨긴 재산이 있을 리 없다. 재판관의 좋은 심증을 받아 결과는 집행유예로 끝났지만, 일반 채무자와 채권자 사이도 이와 같다고 말할 수 있다.

어떤 방법으로도 부도를 피할 길이 없을 때, 사람은 자기 명의의 재산을 친척 명의로 옮긴다든지 회사의 현금을 챙겨서 도망 가기도 한다. 인정상 피할 수 없는 일이지만, 혼잡한 상황 속에서 숨긴 돈이란 액수가 뻔한 것이다.

채권자가 납득하지 않는 점을 강력하게 물리적으로 추궁하면 어딘가에서 돈이 나올 것이라고 의심을 하고 있기 때문이다. 거꾸로 흔들어도, 때려도 아무것도 나오지 않는다는 것이 확실해지면 법원에 호출 당하는 일도, 폭력단이 쳐들어오는 일도 없어진다. 그러므로 알몸의 무일푼이 되어 첫 출생 당시의 상태로 돌아가면 다시 한 번 처음부터 출발할 수 있다.

그러나 도산을 하면 정신적인 타격이 크므로 정상 상태로 복귀하는 데는 많은 시간이 걸린다. 채무의 정리, 법정 출입, 아니면 구속에 이르기까지 적어도 2년 정도는 걸린다. 그런 사건을 주변에서 가끔 관찰하기 때문에 이 정신적 타격에서 희생되는 기력과 시간 등을 생각하면 한쪽 팔이 떨어져 나가는 듯한 재산상의 손실을 받더라도 '단념이 천 냥'이란 속담대로 사업을 정리하고 폐업으로 들어가는 것이 상책이라고 생각된다.

그렇게 말은 하지만 막다른 곳까지 가지 않고서는 사건의 중대성을 깨닫지 못하는 사람도 세상에는 많다. 그런 사람에게 어드바이스를 할 수 있다면, 다음 몇 가지가 있을 것이다.

1. 이미 잃은 것에 대하여 연연하지 않는다.
2. 가족이 협력해서 현재의 생활 수단을 취한다.
3. 발가벗은 증거를 보인다.
4. 자기의 나이나 성격, 능력에 맞는 장래의 일을 생각한다.
5. 돈으로만 살아간다는 생활방식을 버린다.

6. 병후의 심신과 같으므로 정신적인 휴양 기간을 취한다.

이러한 인생의 실패자들을 모아 사업을 해서 성공한 사람이 있다. 학생 기숙사에 무일푼으로 집도 없는 파산 부부를 입주시키고 학생들의 식사 시중과 관리를 하게 하면 자고 먹는 것이 해결되고, 월 70만 원의 월급은 그대로 남아 떨어지니 지옥에서 부처님을 만난 셈이다. 그런 사람들을 고용해서 이미 11개 학교 기숙사 고용에 성공하고 있으니, 이것도 시대의 첨단을 가는 새 상법의 하나라고 할 수 있을 지도 모른다.

■ 프로는 누구인가?

프로가 되기 위한 사람이나 그 분야가 따로 있는 것이 아니다. 특정 분야에서 오래 종사하였다고 프로가 되는 것도 아니다. 자기 일을 수행함에 애정과 관심을 가지고 꾸준히 노력하여 좁은 영역에서라도 자신의 세계를 개척해서 전문성을 인정 받는 특화된 사람을 말한다. 비록 다른 것은 모르더라도 한 분야에서는 신뢰하고 믿을 수 있는 신념을 파는 사람을 말한다.

30 | 당황하지 말고 시간의 경과를 기다린다

■

우리는 역경을 정복하면서 배워 나간다. 하나의
역경을 극복하면 새로운 곤경과 맞서는데
도움이 된다. 곤경과 맞서지 않아도 되는
시기는 인생의 끝나는 순간이다.

실패를 두려워해서는 안 된다. 실패를 두려워 하면 무엇을 하려 해도 자신감이 없어져 버린다. 물론 실패를 한다는 것은 절대로 칭찬 받을 만한 일은 못 된다.

앞에서 말한 바와 같이 경제계에서 한 번 실패를 하면 재기할 때까지 적어도 2~3년쯤의 세월을 필요로 하게 된다. 그것은 채권자에게 쫓겨 다닌다든지, 법정에 불려 다닌다든지 해서 시간을 빼앗기기 때문만은 아니다. 자신의 상실된 머리가 정상 상태로 돌아오기까지는 많은 시간을 필요로 하기 때문이다.

인간은 감정의 동물이므로 쇼킹한 사태에 직면하면, 타인의 일이라도 절대로 나타나지 않는 어리석은 반응을 보인다. 실연은 가장 전형적인 예이지만, 비관한 나머지 자살을 하고 동반 정사로 어설픈 사랑을 마무리 한다. 그러한 극단적인 번민까지는 하지 않더라도 이것으로 내 인생은 끝이라고 자신 없는 좌절감에 빠진다.

그러나 이런 고통을 이겨내고 시간이 흐르면 어떠한 강렬한 사건일지라도 물에 씻겨서 거친 바위가 조금씩 바뀌듯 기억이 희미해져서 망각의 저쪽으로 흘러가 버린다.

도산에 직면했을 때도 인간의 감정은 이와 같아서 '차라리 죽고 싶다'는 과격한 생각에 이른다. 아니면 퇴세한 좌절을 만회하기 위해 만용을 부려 기사회생책을 시도해 본다. 하지만 그 어느 쪽도 정상의 심리를 잃고 있는 때이므로 얼마 후에는, 왜 그 당시 그런 어처구니 없는 생각을 했었던가 고개를 갸웃거린다.

우리의 삶에는 바이오 리듬(biorhythm : 인체 주기율)이 있다. 운수라고나 할까. 운이 상승세를 걷고 있을 동안은 그다지 노력을 하지 않아도 매사가 순조롭게 진척되고 좋은 일이 중복되어 혹시 자기는 상당한 인물이 아닌가 하는 우월감에 자신이 붙게 된다.

그러나 일단 내리막길로 접어들게 되면 역풍을 향하여 배를 저어가는 것 같은 기분에 빠져 하는 일마다 뜻대로 되지 않고 성사되는 듯하던 상담까지도 깨져 버리기도 해서 '불행은 반드시 중복해서 찾아온다.'는 속담 같은 일이 일어난다.

그런 때는 아무리 몸부림을 쳐봐도 소득이 없으니까, 차라리 꾹 참고 시간의 경과를 기다리는 것이 약이다. 하지만 그러한 때일수록 인간은 당황한 나머지 판단력을 잃는다.

어느날 중고차 매매업을 하고 있는 친척 한 사람이 온갖 방책을 다해 봤으나 해결의 실마리가 보이지 않자 도산 직전에 찾아온 일이 있었다. 나를 찾아 온 그는 "염체 없지만 돈을 좀 부탁할 수 없겠습니까?"하는 것이 아닌가.

조언을 얻으러 온 사람들에게 일일이 돈을 꾸어주다가는 아무리 돈이 많아도 당해 낼 수 없겠지만, 도대체 그냥 친척으로 지내온 터인데 돈을 빌려 주려니 생각하는 자체가 어떻게 된 것이 아닌가 하고 의아하게 생각하지 않을 수 없었다.

　　정녕 머리에 이상이 생긴 사람이라고 생각하며 마주 앉았지만, 들어보니 부도는 아직 내지 않은 상태였다. 다른 친척으로부터 돈을 꾸기도 하고, 그들을 보증 세워서 은행 돈을 빌리기도 했다는 것이다. 한편 신용보증의 보증을 얻어서 마을금고에서까지 융자를 얻어 쓰고 있는 중이었다.

"부도를 내면, 채권자들이 한꺼번에 몰려들 염려는 없습니까?"

"아니요, 어음을 끊고 있는 상대는 하청 수리공장뿐이니까 합의가 될 것입니다. 문제는 친척과 은행입니다."

"은행에는 어떤 담보가 들어가 있습니까?"

"마을금고는 신용보증뿐이지만, 은행에는 처의 이름으로 된 토지를 담보로 했지요."

"그밖에 고리채를 얻어 썼다든가, 어음을 끊었다든가?"

"그런 짓은 아직 하지 않았습니다. 고리대금에 손을 벌리기 전에 그만두고 싶다는 결심을 이전부터 하고 있었기 때문에…"

"그것은 좋은 생각입니다. 높은 이자 돈을 빌려서 일시적으로 숨을 돌리더라도 어차피 결과는 뻔한 것이니까, 그 전에 머리를 숙여야 할 곳에는 숙여 버리는 것이 해결의 첫걸음입니다."

"어떻게 다시 일어설 기회가 없을까 하는 생각 끝에 주식에까지 손을 대보았지만, 좀처럼 잘 되지 않는군요."

들어보니 5천만 원 정도 예탁금을 걸고 환치기를 열심히 하고 있다고 한다. 주식 환치기로 돈을 번 사람은 거의 없다는 것에 대해서 이미 강조한 바 있지만, 정상 심리를 잃고 초조한 상태에 있는 사람에게는 그런 조언 따위는 전혀 귀에 들리지 않을 것이다.

"주식이란 직업으로 할 것은 못 되지요."

하고 말해 주었다.

"나도 10여 년 간 주식투자로, 결국은 기관에 빼앗기는 큰 손해를 경험했지만, 그것으로 생활을 영위할 자신이 없는데, 하물며 지금과 같은 형편에서 신용으로 차액을 벗겨 먹는다는 그런 순진한 생각은 말아주시오."

"역시 그렇습니까?"

"그런 태평스런 짓을 하고 있을 때가 아니지 않소. 우물쭈물하고 있는 동안에 증권회사에 넣어둔 5천만 원도 몽땅 없어져 버립니다. 지금 정리를 하면 얼마나 돌아올 것 같습니까?"

"지금이라면 4천만 원 정도는 돌아옵니다."

"그렇게 나쁜 조건은 아니니까, 주식 매매는 당장 그만두는 게 좋겠군요."

"나도 그러려고 생각 중이지만, 그 돈을 어떻게 할 것인가 하는 문제입니다. 아내는 지금의 사업은 희망이 없으니까 학교 옆에서 학생들 상대로 문방구점이나 완구점을 하는 것이 어떠냐고 하는데, 그 점은 어떨까요?"

"어디 적당한 장소라도 있습니까?"

"아니요, 지금부터 물색하려고 합니다."

"이제부터 새 터전을 마련하겠다면, 우선 주식에 넣은 4천만 원으로 개업을 해서 네 가족의 생활을 지탱해 나간다는 것은 어려울 것입니다. 부인께서는 그럴 자신이 있습니까?"

조용히 옆에서 듣고 있던 부인은 자신이 없다는 듯 고개를 옆으로 저었다.

▣ 참기 어려운 일을 참으면 길도 넓어진다

상인에게 필요한 직감력은 이윤을 알아내는 계산 능력과 그것을 실현할 수 있는 찬스를 장악하는 능력이다. 그러기 위해서는 진취적인 정신 속에 모험심과 담력과 용기와 결단력이 필요하다. 참고 견디지 않으면 세상은 열리지 않는다.

31 | 땅을 사 두면 반드시 성공한다

운이 나쁠 때는 무엇을 해도 잘 안 되는 시기이다.
잘 안 되니까 더욱 초조하지만, 아무리 서둘러도
안 되는 것은 마찬가지이므로 이런 때는 아무것도
하지 않은 채 조용히 때를 기다리는 것이 현명한 처사이다.

나는 장사가 잘 안 돼서 아무리 애를 써도 방법이 없을 때는 그 사람의 운세가 하강선을 달리고 있을 때라고 생각한다. 과학 만능 시대에 새삼스럽게 운명에 대한 역술을 꺼내는 것은 이상하지만, 그 이외의 말로 설명할 수 없는 생활 리듬이 있는 것이므로 역시 '운세'라는 말이 가장 알기 쉬운 뜻이 아닐까.

그렇게 운이 나쁠 때는, 실은 무엇을 해도 잘 안 되는 시기이다. 잘 안 되니까 더욱 초조하지만, 아무리 서둘러도 안 되는 것은 마찬가지이므로 이런 때는 아무것도 하지 않은 채 조용히 때를 기다리는 것이 현명한 처사이다.

아무것도 하지 않는다고 하지만, 지금까지 해 온 일을 돌아보고, 왜 잘 안 되었는가를 깊이 반성하는 시간을 가져본다.

주식에서 말하면 '약세'가 지배한다는 시기이다. 씨름판을 비유해서 말하면, '남이 하는 씨름은 잘 하는 것처럼 보이는' 시기이다. 파죽지

세로 조상위권에 올라 온 급수라 하더라도 상대의 벽에 부딪쳐서 연패를 당하면, 지금까지의 자신감이 무너지고, 왜 자기는 져야만 하는 것인가? 어째서 상대가 자기보다 우세한가 하고 타인의 장점이 눈에 띄게 된다. 이런 때는 아무리 씨름판에 올라서도 승자의 자리에는 오르지 못한다.

패배의 각오로 씨름판에 설 방법 외에는 달리 묘안이 없으므로 회복을 도모하느니보다 최악의 상태에 대비하는 편이 현실적이다.

예를 들어 중고차 업자의 설명에 의하면 자동차 붐의 상승기에는 한 대의 중고차를 팔면 1백만 원, 1백 오십만 원씩 돈을 번 시기가 있었다. 그러므로 상승의 파도를 타고 사업을 확장했지만, 차를 사들이는 데만 자금을 써버리고 땅이나 다른 부동산에 손을 댈 여유가 없었다. 지금에 와서 돌이켜보면 그렇게 돈을 벌 시기에 자동차 전시장에 쓸 땅을 사 두었더라면, 이런 공경에 빠지지 않고도 됐을걸 하고 후회막심하다고 토로한다.

나와 같은 제삼자의 눈으로 봐도 중고차 매매업은 모든 장사 중에서도 가장 어려운 업종에 속한다. 왜냐 하면 중고차는 부동산과 달라서 길게 가지고 있으면 있을수록 가격이 하락하는 상품이며, 자고나면 재산이 줄어드니까, 기민하게 대응하지 않으면 도저히 해 나갈 수 없는 장사이기 때문이다.

실은 패션산업도 팔다 남은 상품은 재고 정리로 덤핑 판매되므로 거의 같은 결점을 가지고 있다. 따라서 패션산업으로 돈을 번 사람은 모두가 판단력이 빠른 사람들이며, 여차 하면 손해를 각오하고 손을 뗀다.

그러한 후각을 몸에 지니고 신속한 대책에 익숙하다는 의미에서는 중고차도 패션도 공통의 장점을 가지고 있다고 해도 좋을 것이다. 그러나 그것은 재무상의 결함에서 생긴 장점이므로 기업이라면 재무상의 결함을 커버할 만한 보강책을 강구하지 않으면 안 된다.

그런 점에서 중고차업과 정반대인 위치에 있는 것이 부동산업일 것이다. 토지 매매에 감정 능력이 있는 점과 그렇지 못한 것과의 차이는 있겠지만, 땅은 어느 정도 속아서 사더라도 시간이 경과하면 자연히 상승한다.

그러므로 투기에 지나쳐서 돈을 둘러대지 못할 정도로 빚을 지게 되는 일만 없으면 자고 깨면 재산이 불어나니까, 우둔한 사람이라도 지켜나갈 수 있다.

전에는 자동차도 토지도 모두 고가의 상품으로 같은 인기물이었지만, 한쪽은 공업적으로 얼마든지 생산이 가능한 것이므로 값이 하락하게 되고, 한쪽은 생산하지 못하는 물건이므로 세상이 풍요로와짐에 따라서 점점 더 가격이 오르게 된다. 따라서, 어떤 쪽 장사를 한 사람이 돈을 잡았느냐 하면, 오늘날에 와서 보면 그 차이는 너무나 크다.

그러나 중고차 업자 중에서도 자기 장사의 결점을 재빨리 깨달은 사람은 자동차를 팔아서 번 돈으로 열심히 땅을 샀다. 중고차 주차장으로 넓은 부지가 필요했으므로, 조금 현명한 사람은 주차장의 땅을 임대로 빌리는 대신 은행에서 돈을 빌어다가 토지를 사들였다.

단지 이것만의 차이로 중고차 장사가 재미없게 되었을 때 파산하는 사람과 타업종으로 전업할 수 있는 사람과 크게 나누어지는 분기점이 된 것이다.

어떻든 중고차 매매라는 장사는 고도성장의 끝 무렵에 와서는 신종차의 판매까지도 둔화되고 불황의 물결까지 맞이하여 돈벌이가 안 되는 업종 중의 하나로 꼽히게 되었다.

따라서 자본을 가지고 경쟁에 이겨낼 수 있는 업자와 그렇지 못한 자의 우승 연패가 선명해져서 사업이 열세에 놓이면 상처 없이 점포를 닫게 되면 다행이고, 몇 천만 원에서 억대의 부채를 짊어지고 파산하게 될 것이다.

단, 중고차 장사는 모두 안 된다는 것은 물론 아니고, 새 차가 있는 이상 중고차의 공급은 뒤가 끊어지지 않고, 어떠한 형태로든지 반드시 매매는 이루어질 것이므로, 몇 번쯤 엎치락 뒤치락 한 뒤에 자본이 있고 조직을 가지고 경영 능력이 있는 업자만이 살아남게 된다.

그 경쟁 과정에서 도태된 자는 어떻게 살아야 할 것인가 하는 것이 문제가 될 것이다.

▣ 대학졸업장이 꼭 중요한 것은 아니다

물론 의사, 변호사, 교수가 되거나 과학계에 종사하자면 대학을 나올 필요가 있다. 한편 인사관리자들은 당신의 입사원서에 학사 학위나 석사학위(박사학위까지)가 기재되어 있는 것을 좋아한다. 하지만 당신이 원하는 직업을 얻는데 대학 졸업장이 반드시 필요한 것은 아니다. 교육을 받고, 사고 방식을 배우고, 지적 성장을 위해서는 대학에 가야 하지만, 모든 세상사를 배우고 더 나은 직업을 갖기 위해서는

직장에서 일을 해 보아야 한다. 대학 학위가 당신을 최초의 직업에서
수완가로 만들어 주지는 못한다.

32 | 몸부림을 치면 상처가 깊어진다

■

인간이 유일하게 올바른 가르침을 받는 곳은
세상이라는 학교다. 거기서 '어려움과 괴로움'
이라는 엄격하고 고귀한 교사를 만날 수 있다.

이렇게 되면, 재무상의 상담이라고 하기보다는 그 영역을 벗어나서
이미 인생 상담이나 다름없다. 아무리 바이오 리듬이 지배하고 있다
고 해도, '하늘은 스스로 돕는 자를 돕는다'는 말을 믿는 사람에게 있
어서는 어떻게 해서든지 만회할 방법은 없을까 하고 서둘게 되므로
"빌어먹을 주식으로 한 탕 올릴까, 아니면 아내에게 음식점이라도 시
킬까." 하고 당치도 않은 짓까지 생각한다.

그러한 곤경에 놓일 경우 보통 사람에게 있어서는 진실된 일이지
만, 이상심리로 행동하는 것이므로 모두 상궤를 이탈하고 있다.

"그러니까 이러한 악운일 때는 아무것도 하지 않고 푹 쉬는 것이 가
장 좋은 방법입니다."

하고 나는 충고를 한다.

"알몸이 된 후에 아무것도 하지 않으면 굶어 죽을 것이라고 생각하
겠지요. 하지만 몸부림을 치면 그만큼 더 상처가 깊어지는 수도 있

으니까, 우선 주식에서 손을 떼고 얼마의 돈이라도 손에 남겨두시오. 그것만 있으면 1년간 4인 가족은 어떻든 살아갈 수 있을 것입니다. 나머지는 전부 채권자 앞에 내놓고 사과를 하는 것입니다. 신용보증 측에서도 화를 내겠지요. 친척도 정이 떨어질 테지요. 그러나 할 수 없는 일이니까, 아무리 모욕을 당하더라도, '미안하오, 미안하오.'로 밀고 나가는 겁니다."

"채권자는 재미있는 존재로서 우선 이 쪽에 아직 짜낼 것이 남아 있는 동안은 어떤 방법을 써서라도 받아내려고 할 것입니다. 그러나 아무것도 없다는 사실을 알면, 설마 가죽이라도 벗길 수는 없으니까 차츰 단념하게 되지요. 둘째로, 단념할 때까지 일정한 시간이 걸리지만, 그 시간이 경과하면 조수가 물러가듯이 또다시 같은 일로 밀어닥치는 고통은 없게 됩니다. 없는 것을 회복시키는 것보다 새로 벌어들이는 편이 빠르다고 생각하기 때문입니다."

"하지만 그 동안, 우리들은 어떻게 하면 좋겠습니까?"

"피하거나 숨지 않는 게 좋겠죠. 부인께서 당분간은 입장이 곤란한 경우에 놓일 것입니다. 채권자들은 반드시 집으로 쳐들어 올 테니까요. 하지만 부인께서는 '남편은 집에 돌아와도 나에게 아무 말도 하지 않아요. 제발 남편에게 직접 물어봐 주세요.' 하고 대답하면 됩니다. 남편께서는 새 사업을 생각한다든가 새 일에 착수하느니보다 이 계제에 친한 친구가 있으면, 그의 일을 돕는 것이 가장 시간 보내기에 좋을 것입니다. 남편에게 그럴 만한 친구가 없을까요?"

"그 정도의 편의를 돌봐줄 친구가 없는 것은 아니지만…"

"그러면, 그런 곳에서 1년이나 2년쯤 친구의 일을 도와주고 있으라고 권하십시오. 지금까지 사장의 입장으로 사귀어 오던 친구를 직원으로 쓰는 것은 좀 거북하겠지만, 진정한 친구라면 웬만한 불편쯤은 참아줄 겁니다. 월급 따위는 받지 않아도 됩니다. 아직 1년 정도의 군량은 남겨두었으니까, 진정한 친구라면 빚의 뒤치다꺼리는 못해 주겠지만, 찬값 정도는 보내줄 것입니다."

결국 끝까지 도달해 보면 평상시의 교우관계가 얼마나 좋았던가 하는 곳까지 이르게 된다.

나 역시도, 사실 그러한 때에 힘을 빌려줄 친구가 얼마나 되는지 알수 없다. 일단 유사시를 대비해서 친구를 사귀는 것은 아니지만, 그런 때에 도움을 줄 수 있는 친구는 누구에게나 있다. 그러므로 안절부절 몸부림치느니보다 꾹 참고 견뎌내면 결과적으로 실패에서 배우는 것도 많다는 교훈을 깨닫게 될 것이다.

■ 돈을 늘리는 마음가짐

누구나 저축을 할 수는 있다. 그러기 위해서는 끈기와 단호한 결심을 하지 않으면 이룰 수 없다. 젊은 시절에는 검소해야 하며 낭비와 허식 같은 절제 없는 행동에 주의해야 한다. 자주 돈을 빌려 써서는 안 된다. 그런 나쁜 버릇은 돈도 잃고 친구도 잃는 더 큰 손해를 입는 경우가 많다. 절약하고 싶다면 지금도 늦지 않다. 무엇보다도 당신은 필히 절약해야만 한다. 당신이 꼭 기억해야 할 것은 금방 필요없는 자질구레한 것에 절대로 돈을 쓰지 말라는 것이다. 그리고 빈틈 없는 계획성이 당신 생활 전반에 걸쳐 침투되도록 하는 것이다. 아무튼 일찍

부터 돈에 눈에 뜨기 바란다. 그리하여 찬란한 노후를 마음껏 즐기기
를 바란다.

제8장

시간보다
더 좋은
치료법은
없다

33 | 핀치의 법칙

■

핀치에서 탈피하는 계기는 그것에 빠지기 전에
있던 곳에서는 이루어지지 않는다. 고통에 단련이 되고
그것이 약이 되어 다시 태어난 온건한 마음이
모아질 때 대책이 나온다.

밑천 없이는 장사를 할 수 없다고 말하는 사람이 많다. 도산을 하면 밑천도 없어진다.

돈이 없으면 장사를 할 수 없게 되니까 수입의 길도 막혀 버리는 것은 당연하다. 도산에 대한 공포는 재산을 잃는 것보다도 장래 수입에 대한 희망이 없어진다는 절망감이 더 크다.

장차 어찌될 것인가 하는 불안은 도산했을 때만 생기는 고통은 아니다. 사람에 따라서 느낌이 다르겠지만, 지금까지 부모에게서 보내주는 돈으로 학교에 다니고 있었는데, 드디어 졸업을 하고 이제부터 사회에 나가서 독립하지 않으면 안될 경우에도 이 같은 불안에 사로잡힌다.

거짓말 같은 이야기지만, 이 땅의 젊은이라면 대학을 졸업하거나 군대 제대 후 고향으로 돌아가지도 취직도 못하고 자신이 무엇인가 해 나가려고 전전긍긍했을 때 "도대체 이제부터 어찌되는 것일까?" 하고 내심 암담한 생각과 함께 방황했던 젊은 날을 지금도 기억하고 있으리라.

그 때에도 희망이 없어서 비관을 되풀이했지만, 어디서부터라고 할 것도 없이 노력 끝에 매듭이 풀려 나가는 길을 체험했을 것이다.

연계적인 핀치에 대하여 말하면, 그 뒤에도 계속해서 되풀이 되었지만 비슷한 일을 몇 번이고 경험하면 익숙해진다고는 할 수 없지만 핀치에도 법칙이 있다고 하는 사실을 스스로 깨닫게 된다.

'핀치의 법칙'을 정의해 본다.

(1) 핀치라는 것은 인생의 리듬과 같은 것이므로 주기적으로 반드시 찾아온다. 주의해서 예방책을 강구하고 있어도 피할 수 없다는 뜻이다.

(2) 핀치에 빠질 때는 신변에 생기는 일이 모두 마이너스로 작용 하므로 속수무책이라는 느낌이 든다.

(3) 핀치에 빠지면 지옥 밑바닥이라도 떨어지는 듯한 불안에 쌓이게 되지만, 그것은 심리적인 현상에 불과하며 반드시 발이 바닥에 닿게 마련이다. 그러나 일정한 시간의 경과를 요한다.

(4) 핀치의 반환점은 공포의 나락에 떨어진 뒤에 상상한 것보다 훨씬 위에 있다. 즉 인간은 자기가 생각했던 곳까지는 여간해서 떨어지지 않는 반환점이 있게 마련이다.

(5) 핀치에서 탈피하는 계기는 그것에 빠지기 전에 있던 곳에서는 생기지 않는다. 고통에 단련이 되고, 그것이 약이 되어 다시 태 어난 온건한 마음이 모아질 때 대책이 나온다.

대개 이상과 같은 법칙이 작용하므로 도산 전에 생각했던 것과 실제로 도산이나 실패한 후에 전개되는 사정은 많은 차이가 있게 마련이다.

도산 전에는 자기가 그 시점에서 놓여 있는 사회적 지위의 위치로 보고 있기 때문에 그 옛날 무일푼으로 사업을 시작했을 때의 형편 따위는 잊어버리고 있다. 혹은 모처럼 올라갔던 4층, 5층 또는 최상층에서 일순간에 최하층까지 떨어지는 공포에 놀라 있으므로 방향 감각을 완전히 잃어버리고 있다. 재산을 잃는다는 것은 곧 신용까지 잃게 된다는 생각에 사로잡혀 재기는 쉽지 않을 것이라는 관념이 머리 속에 가득 차 있어서 큰 불안감을 갖는다.

사실 재기는 용이하지 않지만, 재기하기까지는 일정한 기일을 필요로 하므로 실제로 재기가 가능한가 불가능한가의 분기점으로 되어 있다. 실패에는 반드시 그 원인이 있다.

(1) 선택한 사업에 잘못이 있다.

(2) 직원 관계에 문제가 있다.

(3) 방만한 경영

(4) 판매 정책의 실패

(5) 금전 유통의 실패

(6) 가정 불화 등등

사람에 따라서 원인은 다르겠지만, 사업이 잘 진행되는 동안은 그러한 결점이 표면에 나타나지 않는다. 반대로 실패하면 '뭔가 잘못된 것이니까, 실패한 것이다'고 사실에 의하여 증명되므로 싫어도 실패의 원인을 추궁 당한다. 득의만만할 때는 타인의 충고 따위는 귀에 들리지 않지만, 혼자가 되면 반성하게 되고 친구들이 하는 말에 귀를 기울이고 충고에 수긍하게 된다.

중국 속담에 '성공매재궁고일 패사다인득의사(成功每在窮苦日 敗事多因得意事)'라는 말이 있지만, 궁핍해서 고통을 겪었을 때 무슨 생각을 했던가 하는 의지와 피나는 노력이 성공의 길로 연결됨을 강조하고 싶다.

▣ 성공한 남자 뒤에는 위대한 여자가 있다

　　헨리 포드를 자동차 산업의 아버지라고 일컫는다면, 포드 부인이야말로 자동차 산업의 어머니라고 불러도 손색이 없을 것이다. 주위 사람들로부터 미친놈이라는 놀림을 받으며 낡은 헛간에서 최초의 달리는 수레(자동차) 발명을 지켜보며 용기와 격려를 준 사람은 아내 뿐이었다. 그로부터 50년 후, 평소에 윤회설을 믿어온 포드는 이 다음 이승에 다시 태어나면 무엇이 되고 싶으냐는 질문에 다음과 같이 대답했다.

　　"내 아내와 같이 있을 수만 있게 된다면, 무엇으로 태어나든지 조금도 개의치 않겠소."

34 | 쓸모 있는 경험과 쓸모 없는 경험

■

한 번에 한 가지 일만 하는 사람이
누구보다 많은 일을 한다.

나 자신도 실패를 수없이 거듭하고 있지만, 금전적으로 타인에게 밑을 닦아 달라고 할 정도의 실패는 하지 않았다. 그러므로 실패를 해서 타인에게 폐를 끼친 사람의 심정은 상상으로밖에 모른다. 그러나 실패와 도산으로 무일푼이 된 사람은 무일푼이란 점에서는 대학을 갓 나온 사람과 같지만, 경험을 쌓은 몫만큼은 재산을 가지고 있는 것이 아닌가 생각된다.

물론 경험에도 쓸모 있는 경험이 있는가 하면 쓸모 없는 해로운 경험도 있다. 몇 십 년 동안 경험을 쌓으면서 회사를 무너뜨렸다고 하면 지금까지의 경험은 모두 쓸모 없었다고 할 수 있고, 그런 경험에 반성 없이 오히려 그것을 전문 지식으로 활용하며 재기하는데 사용했다면, 또다시 같은 실패를 되풀이하게 마련이다. 도산한 사람의 전문 지식은 그대로는 사용할 것이 못 된다는 뜻이다.

기술자라고 함은 어느 한 분야에 전문적인 별도의 재능을 소유하고 있는 사람을 가리키며 중소기업의 사장은 이 두 가지를 겸임하고 있는 경우가 많아 경영과 기술 사이를 혼동해 버리기 쉽다. 기술자로부터 듣고 싶은 의견 중에는 기업주로서의 의견이 혼합되어 있다는 것이다. 무엇보다도 그것이 기업주로서는 실격자의 의견이기 때문에 자칫하면 그와 똑같은 도산의 전처를 밟게 되는 경우가 없지 않다.

여기서 내가 하고 싶은 말은 경영자로서 실패한 사람이 가지고 있는 지식이나 경험 내용 중에는 전문가로서의 지식과 경영자로서의 경험이 혼합돼 있으며 도산한 직후는 이 두 가지 중에서 쓸 수 있는 것은 하나밖에 없다고 하는 점이다.

앞에서 열거한 중고차 사장 이야기에서 사업을 정리하고 친구한테 가서 당분간 얹혀 지내면 어떻겠느냐고 제안했지만, 이것은 그가 '사장으로서의 수완'은 별 수 없겠지만, 중고차 구입이나 세일즈에 대해서는 전문가니까, 그 부분의 수완은 동업자에게 있어서 쓸모 있을 거라고 생각했기 때문이다.

단 도산한 사장으로부터 경영자로서의 어드바이스를 받을 것은 없으므로 도와주는 측과 도움을 받는 측은 그 선을 엄격히 지킬 필요가 있다. 그렇지 않으면 모처럼의 호의가 도리어 원수지간이 되어 다투고 헤어지게 되는 경우도 없지 않기 때문이다.

▣ 당신은 누구인가?

당신은 지식인이나 대단한 학자는 아닐지 모르지만, 그들 못지 않게 세상 일에 밝다. 숲속의 동물처럼 당신은 기민하고 민첩하며 적응력이 강하다. 당신은 세상 돌아가는 이치를 알고 있고, 올바른 상식이라는 것을 가지고 있다. 당신은 가슴 속 깊이 만족감을 느끼고 싶어 할 뿐만 아니라 물질적인 축복도 받고 싶어 한다. 당신은 인생이 빈약하고 무미건조하기보다는 풍요롭기를 바라지만, 이러한 소망은 당신을 몽상가나 이상주의자와 구별해 준다. 당신이 원하는 것이 별로 댓가가 크지 않다는 생각이나 하면서 헛된 시간을 보내지 않는다. 당신은 자신이 원하는 인생을 위해 치루어야 할 댓가가 다름아닌 일이라는 것을 알고 있다. 열심히 일하라. 열심히 일을 하지 않고는 좀더 나은 인생을 바랄 수 없다는 것을 잘 알고 있다. 당신은 그러한 인생을 살기 위해서는 스스로 열심히 일을 해야 한다는 목적을 인식하고 있다.

35 | 실패를 해도 도망 쳐서는 안 된다

어느 정도 시간이 경과하면 날개를 잘린 중상도
어느 덧 치유되어서 원기를 회복하게 된다.
시간만큼 '위대한 신의 손'도 없지만, 시간만큼
'공정한 심판관'도 없다.

사람이 약해졌을 때는 날개를 잘린 작은 새와 같은 서글픈 존재로 보인다. 안 되는 일에만 정신이 팔려 있기 때문에 잃은 것에 대한 미련이 가슴에 새겨져 있다.

그러나 어느 정도 시간이 경과하면 날개를 잘린 중상도 어느덧 치유되어서 원기를 회복하게 된다. 시간만큼 '위대한 신의 손'도 없지만, 또 한편 시간만큼 '공정한 심판관'도 없다.

시간이 경과하면 자기가 잃어버린 것에 대하여 단념하는 속성을 가지고 있다. 한편 자신이 놓여진 새로운 입장에 조금씩 익숙해지면서 새로운 관심을 갖게 된다. 스타 취급을 받던 사람도 오랫동안 냉대를 받으면 자기의 입장을 돌이켜보며 반성과 새로운 각오를 다짐한다. 자본이 없으면 현재 자기가 할 수 있는 일이 무엇인가 조금씩 확실해진다.

나와 가까운 친구가 경영 상담 고문역을 하다가 그것에 싫증을 느낀 나머지 사업에 손을 댔으나 깨끗이 실패의 고배를 마신 사람이 있다. 이 사람은 전에 친구들 끼리 합의해서 은행에서 대출을 알선해 주었던 친구와는 다른 사람이다. 생각해 보면 타인의 사업에 대한 경영 상담을 해 주면서 자기가 직접 사업을 운영해 보고 싶어 하는 욕심도 가지게 되므로 결국에는 시행 착오로 실패의 잔을 마시는 사람도 없지 않다. 아마도 자기의 이론과 맞지 않아서 당황하는 사람도 있는 듯싶다.

나는 그가 식품업 체인에 손을 댔을 때 "틀림없겠는가?" "잘 될 것 같은가?" 하고 몇 번이나 고삐를 바로 잡도록 다그쳤다. 그러나 강세로 확장하고 있을 때는 다짐의 말은 귀에 잘 들리지 않는다. 그런 사이에 돈 둘러대기에 쫓기고 손을 댄 사업이 모두 빗나갔을 뿐만 아니라 본업까지도 잃게 되었다. 도산한 경영 고문의 어드바이스를 듣기 위해 찾아 올 사람이 있을 리 없다.

후일 인편을 통해서 그 친구의 실패담을 들었지만 본인으로부터 연락이 없었으므로 당분간 그대로 지냈다. 본인의 마음이 정리가 될 때까지 시간의 세례를 받을 필요가 있다고 생각했기 때문이다. 반 년 이상이나 경과한 어느 날, 그에게서 전화가 걸려와 호텔 로비에서 만났다.

그 친구는 지금까지의 경로를 자상하게 설명한 뒤에 채권자와의 합의로 일단락지었으니까 기분을 일신하기 위하여 일할 생각이라고 말했다.

"자네 밑에서라도 무엇인가 일거리가 없을까 생각해서 오늘 만나자고 한 것이네."

그렇게 말하는 그의 뜻이 나에게 새로운 제안은 아니었다. 나에게 의탁할 생각이 되기까지 즉, 환자에서 어느 정도 건강 상태가 회복되었다는 것을 판단했기 때문이다.

그러나 나는 본인이 사업에 실패했다고 해서 이 기회에 잠적해서는 안 된다고 하는 입장이 나의 생각이다.

D보험회사의 창업자인 K사장은 초창기에 무리한 보험 모집을 하다 실패하여 세모에 외국으로 도피하려는 계획을 실토했을 때, 부인은 남편에게 만약 당신이 여기서 도피하면 일생 동안 도망 다니는 인생이 될 것이므로 어디를 가든 어려운 것은 마찬가지니까, 여기서 곤경을 이겨내도록 하라고 극구 말렸다는 것이다.

이에 체념한 K사장은 할 수 없이 말이 통할 것 같은 화장품 회사 회장에게 송구스러운 얼굴로 찾아갔다. 앞서 몇 번인가 직원 단체 보험 권고 안내문을 냈던 상대였지만, 방문해 보니 뜻밖에 친절히 맞아 주었다.

"실은 언제쯤 찾아오려나 하고 기다리고 있었소. 당신과 같은 성의 있는 사람의 보험이라면 가입하고 싶어서……."

지옥에서 부처님을 만난 듯한 따뜻한 말씨였다. 그것이 계기가 되어 K사장은 다시 보험 사업을 시작하여 보험 계약 전국 제1의 업적을 올리고 업계로부터 인정을 받아 훗날 보험회사를 다시 구축하기에 이르렀다.

"그러니까, 이런 때는 도망 갈 생각을 않는 게 중요하다는 교훈을 배웠군. 실패한 사실이 여러 사람에게 알려져서 상대할 사람이 없으리라고 생각하겠지만, 주위 사람이 비웃는 것도 어느 시기 뿐이므로 시간이 흐르면 고맙게도 잊어버려 주는 걸세."

"하지만 실패를 저지른 내가 무슨 일을 할 수 있겠는가?"

"집이 무너져도 흩어진 기와장이 한 장도 남지 않고 전부 깨어지는 것은 아니잖는가?"

하고 나는 대답해 주었다.

"잘 생각해 보겠나. 허물어져 내린 기와장 중에서도 몇 장은 아직 쓸 만한 것이 있을 걸세. 그 기와를 주워 모아서 다시 집을 지을 재료로 하는 일부터 시작하면 될 것 아닌가? 자네에게 직접 손해를 입지 않은 사람들 중에는 아직도 호의를 갖고 있는 사람도 있을 걸세. 그런 사람의 힘을 지원 받는 일부터 계기로 삼아 재출발하는 것이 가장 현실적이라고 생각하는데 어떤가?"

그러고 나서 1년이 지나 그 친구를 만났더니 완전히 안색이 좋아지고 얼굴빛도 옛날의 부드러움을 지니고 있었다.

"그때 자네가 기와를 주워 모으라고 한 말은 지금도 잊지 않고 있네. 내가 좋지 못한 일을 저지른 후 시간도 좀 경과해서 작년 연말에 옛 친구들에게 연하장을 내 봤다네. 그랬더니 답장이 오기도 하고 전화도 걸어오며, 어떻게 지내고 있느냐, 다소라면 도와 줄 테니 가끔 얼굴을 내밀라고 거래처에서도 위로를 하더군. 기획을 세워서 가져 오면 상담에 응해 준다고도 하니 역시 깨지지 않은 기왓장도 있기는 있더군."

일이 잘 안 되면 비약해 보기도 하고, 다른 분야로 옮길 것 같지만, 사람이란 행동 반경이나 재능에 한계가 있으므로 그렇게 멀리 갈 수 없는 것이 인간 관계다.

그렇더라도 시간보다 더 좋은 명의가 또 있을 것인가. 정신적 타격을 받고 재기 불능이라고 생각했던 중증환자에게도 '시간'이라고 하는 명의는 일정한 기간을 넘기면 재기를 갖게 해 주는 것이다.

▣ 리더가 되기를 원하는가?

이 세상에는 두 가지 타입의 인간이 있다. 하나는 리더라고 불리우는 사람이며, 또 하나는 그것에 따르는 사람이다. 당신은 리더가 되기를 원하는가? 아니면 리더를 따르는 사람이 되고 싶은가? 리더가 되느냐, 되지 못하느냐에 따라 보수의 차이는 커진다. 종속자가 되는 것이 결코 불명예스러운 것은 아니다. 또 언제까지나 종속자이어야만 한다는 규칙이 있는 것도 아니다. 처음부터 리더로 시작하는 것은 아니다. 리더가 된 것은 그들이 지성에 가득 찬 종속자였기 때문이다. 가장 능률적으로 리더에 따라갈 수 있는 사람은 대개의 경우 급속하게 리더로서의 재능을 개발해 갈 수 있는 사람이다.

36 | 이름 없는 상품이 잘 팔린다

■

당신 스스로를 개발하려고만 한다면, 지금까지
보다 훨씬 많은 능력과 지혜를 얻을 수 있다.
당신은 스스로 생각하는 것 보다 훨씬 영리하다.
최선을 다하면 달성하지 못할 목표는 없다.

단돈 백 원도 없는 사람이 자본금 1억 원이 소요되는 사업구상을 한다고 해서 탓할 일은 아니다. 왜냐 하면 세상에는 자기의 능력을 초월하는 발상을 가지고 있는 사람도 있기 때문이다. 자금을 동원할 능력은 없어도 발상이 뛰어나면 예상치 않은 사람으로부터 지원을 받는다.

그러나 실행 가능한 뛰어난 아이디어를 가진 사람은 통계적으로 보아 백만 명에 한 사람 정도 밖에 안 된다고 한다. 남한 인구 5천만 명이라면, 그런 능력을 가진 사람은 과연 얼마나 될까.

아이디어만 가지고 밥을 먹고 살 수 있는 사람은 꼴이므로 밑천이 없는 사람이나 이미 밑천을 날려 버린 사람이 아이디어 하나만으로 세상을 살아나갈 것이라고 생각하면 큰 잘못이다.

자본이 승부를 결정짓는 요인이 아니라는 사실을 알면 자본이 보여 주는 압력의 공포를 가지지 않아도 된다. 큰 자본을 가진 사람이나 소액의 자본밖에 없는 사람도 아이디어가 고갈하고 시류에 맞지 않는 장사를 하게 되면, 똑같이 돈을 축 내고 결국에는 핀치에 몰린다.

자본이 없는 회사는 도산하고 비교적 규모가 큰 회사는 가까스로 살아남겠지만 월급사장과 경영진은 동반 사퇴하게 된다. 어느 것이나 사장 본인에게 있어서는 지금까지 구축한 사업을 잃어버리게 된다는 점에서는 다를 바가 없다.

반대로 아이디어가 있고 시류에 맞는 장사를 하면 자본이 없어도 그 나름대로 영업을 이어나갈 수 있다. 특히 도산하여 맨몸이 되었다든지, 사업을 정리하고 다시 처음부터 시작하는 사람은 기세를 타고 사업을 확장하는 사람과 달라서 큰 자본을 가지고 있는 것도 아니므로 돈이 들지 않는 장사를 찾게 마련이다.

그러나 이렇게 경쟁이 심한 세상에서 돈을 들이지 않고 할 수 있는 장사가 있을 것인가. 도대체 어디에서 새로운 장사의 씨앗을 발견할 수 있을까?

각양각색의 사람들이 찾아오는데, 그 중에서 가장 많은 물음은 "지금부터 돈벌이가 될 만한 장사가 없을까요?" 하고 물어온다. 제일 어려운 상대는 이런 분류의 사람들이다. 왜냐 하면 자신의 문제 의식을 살펴보지 않고, 자기에게 적합한 직업이 무엇인가를 생각하지 않은 채 다만 남의 가르침을 받아서 쉽게 돈벌이되는 직업을 찾고 있다는 태도가 나에게는 쉽게 납득이 가지 않으면서도 그들과 대화를 나눈다는 것조차 무슨 일이든지 자기 자신이 문제의식을 느끼지 않으면 비록 기회가 눈앞에 다가오더라도 그대로 지나쳐 버리고 만다는 사실을 간과해서는 안 된다.

예를 들면 '밑천 없이도 할 수 있는 장사는 없을까' 하는 기대감이 항상 머리 속에 새겨두고 있지 않으면, 남들이 하고 있는 장사를 보고도 밑천이 드는 장사인가 아닌가조차도 깨닫지 못하고 지나쳐 버리게 된다는 것이다.

공장을 세우고 기계를 설치하고 생산을 하는 사업은 자본이 드는 장사지만 제품 생산의 기획을 세워서 공장에 발주하는 장사는 그다지 밑천이 들지 않는다. 주문 생산하는 업주의 방법대로라면, 발주시 대금은 소매업자로부터 선불로 받아 상품을 반품없이 공급하므로 전형적인 장사이다.

전국 학교를 대상으로 모의시험 첨삭(교정)을 하는 장사라면 임시로 장소를 빌리든가 통신을 이용하므로, 학교 선생님일지라도 소정의 행정 절차를 밟아 아르바이트로서 시작할 수 있다. 그렇다면 교사 직분을 유지하고 아르바이트로 시작해서 전국적인 규모의 모의시험회사로 발전시켜 보는 것도 사업의 한 방편이 되지 않을까.

최근에 이런 신흥 사업을 보고 있으면 몇 가지의 공통적인 경향이 있다.

우선 첫째로 유형의 상품보다도 무형의 상품이 웨이트(weight)가 걸려 있다는 점이다. 컴퓨터의 소프트웨어도 그중에 하나이다. 패션상품과 같이 스웨터나 블라우스의 본을 가지고 있어도 세일즈 포인트가 되는 것은 품질이 아니라 스타일이나 배색, 무드 따위의 아이디어이다. 그런 의미에서 이제부터는 두뇌장사 시대라고 할 수가 있을 것이다.

둘째로 정보가 팔리는 세상이란 것이다. 가장 낡은 예는 부동산에 대한 정보이며, 그 다음이 다이렉트미일(directmail)의 개인 정보다. 의사 명단, 고액 소득자, 심지어는 전국 골프회원에 이르기까지 상품 판매에는 불가결의 관계에 있으므로 개인 정보의 인원수, 일인당 얼마씩이라는 식으로 상거래가 가능해졌다.

최근에는 직장인 금융정보센터가 있는데, 이들에 대한 개인 정보가 컴퓨터에 입력되어 있어 한 번 가입하는 비용으로 수수료를 지불하기로 약정되어 있다.

직장인을 금융회원으로 가입할 때마다 몇 백 원씩을 회비라는 명목으로 받으므로 정보센터가 흑자가 되는 것은 무리가 아니다.

셋째로, 코스트에 얼마가 들었다고 하는 것보다도 소비자의 마음을 끌 것인가 어떤가 하는 것이 중요하다. 유통혁명도 있고, 생산혁명도 계속되고 있다. 그러나 물건을 싸게 구입하는 것보다도, 또는 물건을 싼값으로 제조하는 것보다도 마음에 드는 물건이나 갖고자 하는 상품을 사입하거나 만드는 것이 더 필수적인 조건이다. 구매하는 편에서도 원가가 얼마인가는 문제로 삼지 않으므로 '팔리는 상품은 무엇인가?' 하는 것이 구매력을 높인다.

넷째로, 매스프로(Mass Prduction:대량 생산)보다 미니프로에 인기가 모이게 되었다. 고속 전철이나 자동차와 같은 공업제품을 매스프로할 수 없지만, 과자나 레스토랑, 패션, 악세서리 등의 취미나 기호에 관계되는 분야의 상품을 다량 생산한다는 것은 도리어 불인기의 원인이 된다. 오늘날 화장품 회사가 기능성 화장품에서 실질상 제약 회사로 전업해 가는 과정에서도 알 수 있을 것이다.

이상을 보면 균일화보다는 다양화가 시대의 경향이며, 대기업에게

만 유리한 객관적 조건이 아닐 뿐더러 오히려 중소기업에 유리한 방향으로 전개되고 있다. 그러므로 자본이 적은 사람에게 장사의 기회가 없어졌다고는 할 수 없다. 문제는 자기가 이러한 움직임을 어디서 보고 있는가. 또 어디에서 자기가 활약할 수 있는 분야를 발견하는가 하는데 사업의 기본이 된다고 할 수 있겠다.

이와 같은 자기 발견은 자신에게 관심이 없는 일, 자기에게 맞지 않는 것은 아무리 돈벌이가 될 만한 일이라도 인연이 없다고 생각해야 할 것이고, 평상시부터 주목하고 있는 것은 자기의 손이 닿는 범위, 적어도 자기가 하고 싶은 능력 안에 있다고 생각하는 것이 바람직하다.

따라서 '이러한 일은 선택하고 싶지만, 과연 장사가 될 것인가?' 하는 공격법이 아니고서는 도저히 실현이 불투명하다.

■ 결점도 장점으로 바꿀 수 있다

스스로 결점이 많다고 생각하고 있는 사람은 사회생활이나 대인관계에서 위축되기 쉽다. 결점이 있다면 고치는 것이 좋지만, 그것이 선천적이거나 유전적인 것이라서 뜻대로 바꿀 수 없다면 어떻게 할 것인가? 이를테면 남과 어울리지 못하고 외톨박이로 지내는 사람이라면 성격상 한쪽으로 기운 데가 있다. 성격상의 결함으로 볼 수 있다. 그러한 결함이 있다고 해서 사회적으로 출세가 불가능하다고 단정할 수는 없다. 이름 난 학자나 예술가 중에는 그러한 성격을 가진 사람이 적지 않다. 그들이 나중에 학문이나 예술 부문에서 남이 못한 큰 일을 이루어낸 것은, 그 결함이 외부 조건과 조화를 얻었기 때문이다. 자신이 갖고 있는 결점을 새로운 정세에 적응시키고 조화시켰던 것이다. 때문에 어떠한 결점이 있느냐가 문제가 아니라, 그 결점을 어떻게 이용하느냐가 중요하다. 결점을 잘 이용함으로써 도리어 성공의 발판이 될 수 있다.

37 | 작은 찬스에서 대기업으로

일의 처음부터 마지막까지 창의력을 구사하라.
창의력을 발휘하다보면 뜻밖의 행운이 따라 오기도
한다. 즉 해결하려는 일과는 아무 관계가 없는 일을
우연히 발견하는 행운이 온다.

옛날에 비하여 각 업체의 경쟁은 확실히 격렬해졌지만, 기회가 적
어졌다고는 단정적으로 말할 수 없다. 찬스가 적어진 듯이 보이는 것
은 일정한 위치에서 같은 눈높이로 물건을 보고 있기 때문이다.

예를 들면 이미 남이 하고 있는 장사를 뒤따라 하면 돈이 덜 드는데
비하여 그다지 이익이 없다.

그러나 세상이란 한 가지 장사가 포화점에 도달하면 반드시 다음의
새로운 장사가 생기게 마련이다. 새로운 변화는 새로운 틈을 낳고 그
틈새를 메우는 장사가 필연적으로 생기게 마련이다.

가령 로버트가 채용되어 생산의 자동화가 이루어지면 공장에서 일
하는 사람은 적어지고 시간도 단축된다. 어떻든 간에 양산이 좋은 것
이 아니므로 팔리는 만큼 만들면 되는 것이니까.

만약 필요량을 1주에 3일간 작업해서 만들 수 있다면, 공장은 3일
동안만 가동하면 된다. 그렇다면 나머지 3일간은 할 일이 없기 때문

에 이 기간을 어떻게 할 것인가가 문제가 된다. 그 기간을 휴무로 할지 공장의 세미나 시간으로 충당할지도 모른다. 어쩌면 외국여행에 쓰이게 될 수도 있고, 아르바이트로 메워지기도 할 것이다.

여하간 한 사람이나 두 사람의 3일간이라면 별것이 아니지만, 몇 백 명, 몇 천, 몇 만 명의 3일간이라면, 이 기간을 충당하기 위한 수요가 새로운 산업의 발전을 촉진할 것은 명확한 일이다.

또 옷장 안이 의류품으로 가득차게 되면 헌옷을 어딘가에 내놓지 않는 한 새 옷을 구입할 생각은 염두도 못 내게 된다. 이럴 때 유행이 중요한 자극제로서 등장한다. 그 흐름을 살펴보면 신사복의 깃이 넓어졌다, 좁아졌다, 넥타이 폭이 넓어지고 좁아지는 것이 되풀이 되고 있음을 알 수 있다.

얼마 전에 만든 양복을 입고 있으면, 저 사람은 시대에 뒤떨어진 복장을 하고 있으므로 호주머니 사정이 좋지 않은가 보다고 생각하게 만든다.

또 옛날에는 매일 정장 차림을 하던 것을 토요일에는 무슨 옷을 입을 것인가, 아침 운동을 나설 때는 무엇을 입을까 장소와 입장에 따라 변화를 가지려고 한다. 덕택에 캐쥬얼이라든가 스포츠 웨어라는 스타일이 유행하게 되고, 10여 년 전에는 상상조차 하지 못했던 의류 메이커가 대기업으로 성장하기에 이르렀다.

여가와 돈이 생기면 해외여행의 기회가 늘어나게 마련이다. 기업이나 관공서까지 젊은 직원들을 해외 연수를 보낸다. 해외 연수를 통고 받으면 어학 공부뿐만 아니라, 외국의 풍물과 습관을 익히고 수치를 면할 수 있도록 훈련을 해둘 필요가 생긴다. 외국 유학이나 연수 준비를 위한 학원이 생기고, 드디어 그것이 사업으로 성립될 정도의 스케일로까지 성장한다.

반대로 가족을 동반하여 외국에 파견되는 사람이 늘어나면 오랜 동안의 외국 생활을 통해 모국어를 모르는 자녀들이 생겨나자, 그런 아이들을 모아서 모국어를 가르치는 기관을 필요로 하게 되고, 자국인 자녀들을 위해 영어로 교육을 하는 대학은 자연히 다른 나라의 유학생들도 수강신청을 하게 되므로 그에 합당한 교육기관이 생기고 늘어난다.

여하튼 새 사회 풍조가 일어나면, 그 방면으로 사람도 돈도 모여들게 마련이다. 그런 가운데 새로운 틈새가 생기고 그것을 메우는 업종이 생겨난다.

그런 업종 중에는 대자본을 필요로 하는 기업도 있지만, 대부분은 틈새부터 시작해서 작은 기업이 큰 기업으로 육성된다. 이렇듯 직장인 대출도, 인스턴트 라면도 처음부터 대산업이었던 것은 아니다. 그러므로 어디에 새 틈새가 생기고 있는가를 발견할 수 있으면, 소자본으로 사업을 출발시키는 것은 어느 시대에도 가능한 일이다.

■ 열등감을 발견하는 방법

1) 줄을 설 때 언제나 맨 끝에 선다.
2) 식당에서 뒷자리에 앉는다.
3) 학교, 단체 회의에서 맨 마지막에 손을 든다.
4) 언제나 남의 뒤를 따라 걷는다.

5) 금방, 가끔 얼굴을 붉힌다.

6) 매우 약하게 힘 없는 악수를 한다.

7) 다른 사람과 시선이 마주 치는 것을 피한다.

8) 말소리가 작다.

9) 듣기만 하고, 그다지 말을 하지 않는다.

10) 구석을 찾아 앉으려고 한다.

제 9 장

새 장사를
선택하는
요령

38 | 부처님의 손바닥

■

어느날 스핑크스가 말했다.
"사막은 하나의 모래알에 불과하다고……"

중국의 고전 『서유기西遊記』 중에 손오공이 석가모니께 "나는 한 번 뛰면 10만 8천 리나 멀리 갈 수 있다."고 뽐내며 말하는 장면이 있다.

"그렇다면 뛰는 네 모습을 좀 보여다오." 하고 석가가 말하자, 손오 공이 용감히 멀리 날아가 다다르자, 땅의 끝 같은 곳에 기둥 5개가 우뚝 서 있었다.

멀리까지 온 증거로 그중 한 기둥에 '손오공 여기 있음.' 하고 크게 써놓고 되돌아와서 석가에게 자랑하니 석가가 손바닥을 벌리며, "너는 굉장히 멀리 갔다고 생각하고 있겠지만, 겨우 내 손바닥 안을 뛴 것이 아니냐."고 하는 대목이다.

'뛰어봤자, 부처님 손바닥'이라는 말의 근원인 것 같다.

이것은 여담이지만, '서울에서 안 되면, 부산에라도 가면 된다'는 말이 있듯이 한 곳에서 안 되면, 다른 곳으로 옮길 수도 있다는 뜻이다. 지금 같으면 베트남이나 멀리 브라질에라도 가면 된다.

오늘날 국내에서 범죄를 저지른 자가 도망칠 때 중국이나 필리핀 같은 나라를 선택한다. 그러나 몇 달 몇 년이 지나서 갖고 있던 돈이 다 떨어지면 역시 교도소에 갈 각오로 되돌아 온다.

외국생활을 해 보지 않은 자가 아무런 준비도 없이 다른 나라로 도피하여 봤자, 말도 통하지 않고, 친구도 쉽게 만들 수 없으며 풍속 습관에도 익숙하지 못하므로 자연히 값싼 호텔방에서 몇 달이고 칩거 생활을 하기 마련이다. 이래서는 감옥에 들어가 있느니보다 정신적으로 더 고통이 심하므로 심리적으로 항복한 나머지 원래 살던 둥지로 귀환할 생각을 하게 된다. 이것이 인간의 본성이기도 하다.

범죄자도 인간이기 때문에 그런 심리적인 자기 모순에 빠지는 것이므로 사업에 실패한 자가, '아는 사람에게 얼굴 대하기가 부끄럽다'는 정도의 이유로 해서 외국으로 도피하더라도, 좀처럼 그곳에 정착하기가 어렵다.

또 같은 업종에는 진력이 나니까, 전혀 다른 장사로 바꾸고 싶다고 결심하고 이제까지와는 다른 세계로 들어가려고 하지만, 이것 역시도 타국 생활과 마찬가지로 좀처럼 용이한 일이 아니다. 경영 자문 역할을 하고 있던 사람이 떠났다가 결국은 그 업계로 되돌아오는 것과 같이 중고차 판매를 하고 있던 사람도 이곳저곳 편력을 한 뒤에 역시 중고차 업계의 주변에서 서식하게 되고, 떠났던 출판업자는 또다시 출판업계로 되돌아간다.

요컨대 인간의 재능에는 한계가 있으며, 사정을 잘 아는 업계에 안주하고 싶어 하는 경향이 농후하므로 자기가 사는 세계에 벽이 쳐 있는 것도 아닌데, 행동 반경은 어느 사이엔가 정해져 버리는 일이 의외로 많다.

"부처님의 손바닥 안이다."고 나는 늘 말하지만, 나 자신 역시 다른 직종에 많은 관심을 갖고 있는 것 같지만 일본에 가도, 미국에 가도 결국은 거의 같은 패턴의 일밖에는 못 하는 것이 인간의 한계다. 즉 그 사람에게 맞는 성공의 패턴이 있으면 아무래도 그에 의지하고 싶은 것이 인간의 본성이기 때문이다.

이런 뜻에서 성공한 사람도 실패한 사람도 '부처님의 손바닥 안'이라고 말할 수 있지만, 그러나 한 업계에서 성공한 사람이 같은 패턴으로 사업을 확대해 나가는 것은 용이하지만 실패한 사람이 또다시 같은 업종으로 성공의 계기를 잡는다는 것은 좀처럼 쉽지 않다. 아무래도 같은 패턴으로 임하게 되고 이미 부적격이라고 증명된 것을 다시 한 번 입증하는 꼴이 된다.

그러므로 중고차 판매업에 실패한 사람이 중고차로 재기를 시도해도 성공의 가능성은 희박하다. 같은 업종에 종사하는 한 실패한 사람은 어디에선가 겨우 밥을 먹게 되지만, 다시 화려한 존재로 컴백한다는 일은 없다고 해도 과언이 아니다.

그런 의미에서 아직은 여전히 '야심을 잃지 않고 있는 사람'은 자기가 실패한 업계에 미련을 갖지 않는 편이 좋다. 한 번 실패한 업계에서 '마음을 바꿔서' '아주 다른 시점에서' '새로운 단면을 보이는' 일은 불가능하다.

그러나 지금까지 해 온 일이 없는 장사라면 신참인 만큼 '이런 장사가 있었던가?' 하는 놀라움도 있고 동시에 '왜 이런 방법으로 사업을 하고 있을까?' 하는 의문도 생긴다. 그러한 신참자의 의문이 출발점이 되어 새 경영 방법으로 성공한 예는 헤아릴 수 없이 많다.

그러므로 나는 재기를 노리는 사람의 나이나 기력에도 관계가 있지만, 어차피 한다면 '옛날 잡았던 절구공이'가 아니고 새 분야의 가능성에 도전할 것을 권하고 싶다.

■ 성공이란 꿈을 만드는 인간의 꽃이다

리더십은 상황에 따라 매우 다양하게 정의되고 있다. 그러나 그 내용을 종합해 보면 '리더십이란 일정한 상황에서 공동의 목표를 달성하기 위하여 개인이나 집단 행위에 영향력을 행사하는 과정'으로 요약할 수 있다. 즉 리더십의 요체는 영향력 행사의 과정이며, 그 궁극적 목적은 기업의 목표다. 따라서 훌륭한 기업인은 구성원들에게 영향력을 행사하여 기업의 공동 목표를 달성하도록 직원들의 마음 속에 꿈을 담아주는 사람이라고 할 수 있다.

39 | 시대의 흐름과 새로운 장사

■

가장 효율적인 창업은 국가적, 사회적 기회와
여건을 활용할 수 있는 신중한 판단과 아울러
자신의 인생을 승부한다는 철저하게 계산된
프로정신이 절대적으로 필요하다.

그러면 신규로 장사를 선택한다고 할 때 어떤 일에 주의하면 좋을
것인가?

우선 첫째로 생각해야 할 조건은 자기 능력의 한계를 잘 알아야 한
다. 능력 중에는 재능이나 기력 외에 자력도 포함된다. 자기의 기질에
알맞은 일을 선택하는 것도 중요한 방법이다. 5천 만 원밖에 가지고
있지 않는 자가 그 액수 이내에서 할 수 있는 사업과 선을 그으면 가
능성 있는 일은 스스로 한정이 된다.

둘째로 생각의 안테나를 되도록 높이 올려서 판단의 자료가 되는
정보를 모으는 일이다. 사람은 각각 자기 나름대로의 스케일이 있어
서 자기 집과 근무처인 회사와의 거리를 행동 반경으로 하는 사람도
있고, 많은 친구를 가지고 있으며 장사에 대한 정보도 다방면에 걸쳐
수집할 수 있는 능력의 사람도 있다. 그것은 그 사람의 스케일 크기에
직결되는 것이며, 정보가 풍부한 사람일수록 찬스의 혜택도 많다.

따라서 세상이 좁아졌다고 해서 문을 닫고 칩거해 버린다면 인생의 끝장이며, 기세에 눌려 망설이기보다는 거북스러운 상대라도 용기를 내어 찾아가서 인사도 하고 원조를 부탁할 용기가 필요하다. 또 신문이나 잡지에 게재되는 정보에도 끊임없이 눈을 돌려 참고가 될 자료를 수집해 본다.

어떤 사람이 무슨 생각을 하고 있는가, 어떤 상품이 잘 팔리고 있는가, 어느 회사가 상장회사가 되었나 하는 것은 모두가 세상 변천의 일단을 엿보게 하는 과정이며, 일거리 선택의 중요한 자료가 된다.

파티 같은 장소에서 오랜만에 만나는 친구와 이야기를 나누다 보면 자연스럽게 새로운 정보를 얻게 되며 세상일과는 소원하여 이쪽의 소식을 전연 알지 못하는 사람과도 상면하는 경우가 있다.

"이래서는 은거 사업밖에 못하겠군." 하는 마음가짐은 정직한 감상이며, 능수능란한 수완가의 일하는 모습과 정보량은 거의 정비례하고 있기 때문에 사업을 하는 사람은 세상일에 정통해 있지 않으면 안 된다.

셋째로 정보 중에서 '시대의 흐름'이라고 할까. 시세의 움직임을 감지하는 것은 절대적으로 필요하다. 정보뿐이라면 TV를 보거나 신문 잡지를 보아도 넘칠 정도의 정보가 가득 차 있다. 문제는 그 정보를 어떻게 받아들이고 어떻게 내 것으로 만드는가 하는 능력이 필요하다.

가령 부시 대통령이 고금리 정책을 써서 인플레이 퇴치에 나섰다 하면, 세계의 자금이 고금리에 겨냥되어 미국 금융시장으로 이동해서 영향을 받은 유로화와 원화의 시세가 내려간다. 이 움직임을 보고 '강력한 미국'이 실현되어 '고금리 정책은 반드시 성공한다'고 부시 찬가를 부르고 있는 사람이 있다.

그러나 그와 같은 정보를 내 스스로 분석해 보면 세계에서 모인 달러는 높은 금리가 목적이며, 미국의 산업 투자에 사용되지 않기 때문에 오히려 미국의 산업계는 퇴폐 일로를 걷게 된다. 또 그 여파는 한국의 철강 메이커, 자동차 메이커, 전기제품 메이커와 미국 기업간의 마찰이 빚어지고 있는데, 그로하여 원화 절하 세례를 받으면 미국의 주요 산업 분야는 극도로 민감한 반응을 일으킨다.

똑같은 현상에 대해서 이와 같이 보는 방법이 달라질 수 있는 것처럼 한순간의 잘못된 판단이 도산에 쫓기는 요인으로 작용한다.

어느 편을 바르게 보는 방법인가에 대해서는 얼마 안 가서 답이 나오지만, 신문에 실린 정부의 경제 정책을 믿어서는 안 된다. 정보를 제공하는 사람의 판단이 없으면 정보 그 자체도 정확하게 판명되지 않는다.

이렇듯 정보에는 '살아 있는 정보' '쓸모 없는 정보'도 있지만, 머리가 둔한 사람의 마음을 혼란시키는 '거짓 정보'도 있다. 살아 있는 정보는 뛰어난 해설자의 말이나 붓을 통해서 전해 올 경우에만 신용할 수가 있다.

그런 사람들은 파고의 높낮이에 이끌리지 않고 '시대의 흐름'을 볼 수 있는 사람이기 때문이다.

'시류'라고 강조한 것은 가령 공장의 자동화라는 흐름이 생산에서 '다른 사업으로의 노동 인구 이동'이라는 흐름을 파생시킨다는 의미를 갖는다. 풍요로운 사회에의 흐름은 가난한 사람을 수면 위로 떠오르게 하여 미래의 수입을 담보로 해서 돈을 쓴다고 하는 새로운 경제를 낳는다.

또 인플레라는 흐름은 빚을 얻어서 부동산에 투자한다든지, 채권을 팔아서 주식으로 옮기는 새로운 돈의 흐름을 낳는다.

이러한 흐름의 변화는 여러 업종의 장사를 망치고, 또 시류에 편승한 새 장사를 만들어 내기도 한다. 그러므로 '흐름'이 보이는 정보가 아니면 '쓸모 있는 정보'라고는 할 수 없다.

가령 산업박람회나 올림픽을 목표로 호텔 붐이 일어난 적이 있다. 개최를 계기로 해서 기일에 맞추어 호텔을 건축하는 일이 틀린 계획은 아니지만 박람회나 올림픽이 끝나면 세계 각국에서 몰려온 사람들은 행사나 경기가 끝나 버리면 떠나가기 마련이다.

그러나 호텔은 축제가 끝난 뒤에도 영업을 하지 않으면 안 되므로 세우느냐 마느냐 하는 것은 사람의 흐름이 때와 함께 평상시 얼마만큼의 숙박객을 유지시킬 수 있는가 하는 판단에 좌우된다. 그러므로 박람회나 올림픽 때문에 모이는 손님의 수가 호텔의 일반 투숙객은 아니다.

한탕주의 승부의 장사가 아닌 한, 판단의 기초가 되는 것은 '시대의 흐름'이지, '파도의 높이'가 아니라는 사실을 알 수 있을 것이다.

크게 성공을 거둔 여자도 철저하게 공격을 받는 경우가 있다. 성공한 남자도 예외는 아니다. 연예계의 수퍼 스타들도 평론가들로부터 심술궂을 정도로 공격을 받으며, 그 비난은 스타에게 상처를 준다. 권력자인 대통령도 신문 여론으로부터 공격을 받으면 움추린다. 당신은 어떤 것(아이들, 가족, 연인, 직업)에 대해서도 열정을 느낄 수 있으며, 이것들에 의해 상처를 받을 수 있다. 상처 받는 것을 두려워 하지 말라. 상처를 뛰어 넘어서 그 상처가 당신의 다음 계획에서 더 큰 성공을 거두는데 힘이 될 수 있도록 이용하라.

40 | 새로운 장사를 선택하는 요령

실패 예방에 효과적인 방법을 아는 사람은 없다.
치밀한 계산과 흥분하지 않는 냉철함이 본전을
지키는 유일한 지름길이다.

그러한 눈으로 보고 있으면 시대와 함께 쇠퇴하는 업종과 다음에 새로 생겨날 업종을 구별하는 기준이 저절로 눈에 띄게 된다. 만약 새로운 장사를 선택하는 요령을 터득하였다면, 그것을 이 기준에 적합시켜 보는 것도 새 장사를 선택하는 방법이다.

첫째로, 무엇이 부족한가를 살펴보는 일이다. 물론 불경기가 계속되는 것은 물건이 안 팔리기 때문이지만, 그 원인을 살펴보면 중요한 요인 중의 하나는 상품이 남아 도는데 문제점이 있다. 돈이 없어서 사지 못하는 것이 아니라 물건이 포화 상태여서 구매욕이 감소하여 타격을 받는다. 따라서 수요를 넘어서 과잉 공급이 가능한 업종은 만년 불황의 양상을 나타낸다. 섬유업이 사양 업종이라고 지적되어 온 것은 이러한 정황에 의한 현상이다. 반대로 상품 부족이 좀처럼 해소되지 못한 채로 있는 분야도 있다.

예를 들면 불황 때문에 집이 팔리지 않고 남아 돈다고 해서 주택 사정이 만족한 상태라고는 단정할 수 없다. 집의 규모가 좁기 때문에 더 이상 물건을 수납할 수가 없는 형편이라면, 그 때문에 가구도 불황산업에 빠지게 되고, 가전제품에까지 영향이 미친다. 그러므로 '1가구 1주택'이라는 염원에 부응하는 정책이 수립되면, 주택 건설은 금후에도 계속 유망산업으로 남을 수 있다.

둘째로, 상품이 가정생활에까지 연결되어 있는 역할을 하고 있는가 어떤가에 초점이 모아진다. 도시락은 식는 것이 당연하다고 여겨왔지만, 더운 밥이 찬 밥보다 맛있다는 것은 정한 이치다. 보온 도시락은 그런 결점을 해결하는데 성공했다.

요즈음 단체 여행이 날로 늘면서 여관이나 호텔에서 숙박하는 몇 십 명, 몇 백 명의 식사를 차리기 위한 요리사가 부족하기 때문에 해당 업체에서는 상차리기에 골치를 앓고 있다. 이 점을 착안해서 뷔페식 식단이 성황을 이루게 되었다.

물론 뷔페식 상차림은 서구에서 전래한 음식 문화이지만, 우리 식성에 맞게 재구성되어 예식장, 연회장에서 선호하게 되어 대중적인 인기를 얻고 있다. 이러한 유형의 업종은 호불황에 관계없이 받아들이게 마련이다.

셋째로, 소비자의 구매욕을 돋구는 매력을 구비하고 있느냐 없느냐에 따라 상황이 달라진다. 섬유는 만년 생산 과잉이라고 하지만, 원료의 공급은 어떤지 몰라도 인기 있는 디자인은 항상 불황을 모르며 부가가치가 높으므로 많은 양을 팔지 않아도 충분히 채산을 맞추고 있다. 무엇이 팔리는 상품인가 하는 점에 초점을 맞추면 작은 점포에서도 잘 팔리게 되고 백화점도 혈안이 되어 팔리는 상품을 찾게 되는 것은 뻔한 이치이다.

넷째로, 부가가치에 있어 소량으로 채산이 맞는 성질의 상품을 개발해야 한다. 대량 생산의 시대는 이미 지나갔다. 소량에서 시작해서 국제적인 상품에까지 발전할 수도 있지만, 특정 상표를 겨냥해서 일정량으로 승부를 낼 수 있는 상품을 고안하는 것이 좋다.

다섯째로, 앞에서도 말했지만 물품 판매만이 장사가 아니므로 팔수 있는 물건은 무엇이든지 팔면 되고, 이제부터는 '어떤 물건이 팔릴까?' 하는 상품에 가치를 두는 것이 현명하다.

살 사람만 있으면 무엇이나 팔리므로 소비자의 심리를 파악하여 적응한다면 장사는 성공할 수 있다. 그러므로 물품에 구애될 필요가 없다.

당신이 이제부터 선택하려고 생각하고 있는 장사가 이와 같이 어느 부분에 맞는가 어떤가를 판단하는 지혜와 결단이 무엇보다 중요하다.

만약 자신의 생각이 들어맞았다고 생각되면 자신감을 가져도 좋고, 맞지 않았다면 그만두는 것이 오히려 도움을 줄 것이다.

■ 증권에 투자하고 싶다면 다음과 같은 회사의 주식을 산다

1) 공금리 이상의 배당금을 지급하는 회사
2) 배당금 실적이 장기간에 걸친 회사
3) 20년 내의 최저 시세가 최고 시세의 25%보다 낮지 않은 회사
4) 자기 자본 대 부채의 비율이 최소한 4대 1인 회사
5) 현금과 그에 상응하는 자산이 부채보다 많은 회사

6) 우선주가 극소인 회사

7) 보통주에 의한 절도 있는 자본 체계를 갖추고 있는 회사

8) 최근 5년간 판매 실적이 향상되었거나 상승의 징조가 보이는 회사

9) 최근 이익 상승에 대한 보고가 있는 회사

10) 인구 과밀 지역이나 공장이 많이 들어서 있지 않은 곳의 회사

41 | 시대에 뒤진 상품 교체로 커버한다

지금의 젊은이들에게는 고생이 부족하다고 불평을
해도 소용이 없고, 더구나 '고생을 하지 않고서는
훌륭한 인간은 육성되지 못한다'고 하는 논리도
실제적인 것이 못된다.

장사가 잘 안 되는 경우는 한마디로 말해서 '능력이 없다'고도 할 수 있겠지만, 구체적으로 말하면 '시대의 변화에 따라 가지 못하게 된 결과'라고 함이 더 옳을 것이다.

한 가지 업종에만 종사하는 사람은 고정 관념에 묶여서 깜빡하는 사이에 뒤지게 되는가 하면, 사업을 이어받은 사람이 시대적 능력이 없어서 망쳐 버리는 경우도 있다.

한편 핀치에 몰리는 경우 적어도 어느 시기에는 사업을 융성하게 인도한 실적이 있으므로 무엇인가 잘 안 되는 원인이 생겼다고 해도 그밖의 다른 점에서는 가령, 자금 운영이라든가 판매망 구축에 있어서는 완벽한 솜씨를 발휘할 수 있다. 따라서 사양화는 피할 수 없겠지만, 한 번에 도산해 버리는 일은 없다. 하지만 경영 2세가 이어받고부터는 급속도로 업적이 악화되었다고 하면, 이것은 확실히 무능한 자가 뒤를 이은 결과이므로 별도리가 없다.

최근에 이어지는 도산을 보고 있으면 재벌 그룹의 도산보다도 부채 총액 1백억 원에서 3백억 원 정도의 중견 업체가 많아졌다. 창업 사장은 이미 타계하고 그 2세가 뒤를 이어서 굽실굽실 머리를 숙이는 간부들에게 둘러싸여 방만한 경영으로 세월을 보내고 있음을 발견한다.

이런 경우는 '비적임자'가 그 자리에 앉아 있기 때문에 회사 자체가 없어져 버린다든지 장본인이 제거되어 정리한다든가 하는 어느 쪽일 것이다. 후계자의 육성이 얼마나 어려운가를 여실히 보여주는 단면이다.

만약에 어떤 해결책으로도 전망이 보이지 않는다면 사업을 자식에게 후계시키는 것을 단념하는 일이 얼마나 중요한가를 다시 한 번 깨닫게 해주는 좋은 예이기도 하다.

자격이 부족한 2세로는 도저히 안 된다고 하더라도 창업 사장의 머리가 낡아서 시대의 변화를 따라가지 못하게 된데 원인이 있다면, 아직은 만회할 방법은 있다.

한 인간의 두뇌 작용에는 한계가 있어서 아무리 노력해도 시대와의 차질이 있게 마련이다. 그런 경우 차질이 생겼다는 사실을 인식하고 있는지 어떤지가 더 큰 문제로 작용한다.

예를 들면 나와 같은 연대의 사람들은 전쟁 이후 격동기를 거쳐 오면서 많은 고생을 겪었으므로 자식이 자동차를 사 달라고 조르면 반사적으로 거부 반응부터 일으킨다. 사 줄 돈이 없는 것은 아니지만, 학생 기분으로 놀기 위해서 차를 타고 돌아다닌다는 것은 언어도단이다 하는 부정적인 감정이 앞서기 때문이다. 그러나 자식의 주변을 보면, 다른 친구들도 마이카를 타고 돌아다니고 있다. 부모들의 직업이나 사회적 지위를 봐도 이쪽보다 금전 사정이 좋다고는 생각할 수 없다. 그런 가정에서도 자식에게 차를 사 주는 따위의 무절제한 자녀 양육법을 하고 있는 것이 현실의 자녀 교육이다.

"도대체 이런 꼴로 온전한 자녀 육성이 되는 것일까? 고생을 시키지 않고 훌륭한 인간을 만들 수 있는 것일까?"

하고 고개를 갸웃하는 어버이가 있다고 해도 이상할 것은 없다.

그러나 객관적으로 냉정하게 생각해 보면 이러한 사고방식 자체가 이미 시대에 뒤진 탓이다. 고생을 해서 오늘의 사업을 구축한 어버이들은 역경이 인간 형성에 도움이 된다고 체험적으로 믿고 있기 때문이다. 그러므로 해외 원정이나 요트 강습의 예를 보아도 알 수 있듯이 자식에게 고생을 시키기 위해서 돈을 쓴다. 고생을 하는데도 돈이 든다는 이상한 세상이 된 것이다.

그러나 돌이켜 생각해 보면 어버이들은 자기가 원해서 고생한 것은 아니다. 징병에 응하지 않으면 형무소에 가니까 할 수 없이 군대에 간 것이며, 전쟁으로 하여 식량이 없었으므로 끼니를 굶는 생활을 체험하게 된 것이다.

따라서 지금의 젊은이들에게는 고생이 부족하다고 불평을 해도 소용이 없고, 더구나 '고생을 하지 않고서는 훌륭한 인간은 육성되지 못한다.'고 하는 논리는 실제적인 것이 못 된다.

내가 알고 있는 어느 회사의 사장이

"내 자식놈은 동해안에 맛있는 해산물 음식점이 있다고 하여, 일부러 기름값까지 써가며 그 먼 곳을 찾아간답니다. 그런 사치스런 자식을 키운 기억이 없는데……."

하고 나에게 실토한 적이 있다. 가난을 딛고 일어서서 근검 절약으로 오늘의 지위를 구축한 부친으로서는 마땅한 감상이겠지만, 나는

"좋지 않습니까? 풍요로운 세상이 되면 맛있는 음식을 먹으러 멀리까지 간다는 것은 당연한 일이지요."

우리 집에서는 사치스러운 식사를 하는 것을 도덕적인 죄악이라고 생각지 않으며 소득 수준이 높아지면 우리 가족과 같은 사고방식을 가질 것이라고 생각하고 있다.

그러한 눈으로 세상의 움직임을 보고 있으니까 최고급 호화 체인 레스토랑이 생기게 되는 것도 또 외국에서 돌아온 청년들에 의하여 사치스러운 풍조가 차례차례로 생기게 되리라는 것도 예상할 수 있다. 외식산업이 왜 급속도로 전개되는 것인가, 그 배경을 이해할 수 있는 대목이다.

반대로 '고생을 하지 않으면 올바른 인간은 육성되지 않는다.'고 하는 신념에 언제까지나 고집하고 있으면 스키장이 번영한다는 것도, 외식산업이 융성하는 것도, 외국여행을 하는 젊은이들이 많아지는 것도 모두 반발이 선행되므로 다음의 새로운 사업으로서 받아들일 수가 없다.

즉 시대에 적응할 수 있느냐 없느냐는 자기의 체험에 의해서만 고집할 것인가, 아니면 사회 현상의 변화에 따라서 자신의 사고방식을 수정할 것인가에 의해서 달라진다.

한편 자기의 체험에 고집하는 사람은 사회 환경이 변하여도 일정한 자리에 앉아 있는 그대로이니까 머리 위에서 비추던 태양도 어느덧 석양으로 쇠락해 천객만래千客萬來였던 장사도 점점 쇠퇴해져서 언젠

가는 자취를 감추게 된다.

그러므로 그와 같은 싹이 보이기 시작할 때 재빨리 선수 교체를 하면 해결된다. 씨름꾼이 체력이 다해서 씨름을 할 수 없게 되면 은퇴를 선언하고 늙은이가 된다. 그러한 자리 바뀜이 원만히 행해지면 선수가 교체를 해도 씨름 흥행에는 별 영향이 없다.

이와같이 기업을 하나의 씨름판으로 비유해 보면 사장이 은퇴하고 자식이나 타인으로 교체되어서 새로운 피를 끊임없이 보급하면 더욱 활력을 얻는다.

다만 중소기업의 경우는 대기업과 달라서 기업 자체를 존속시키기 위해서 연줄도 없는 다른 사람에게 교체해 달라고 할 수도 없는 일이다. 따라서 가족 중에서 후계자를 찾지 못하면 빠르고 늦은 것만 다를 뿐 폐업이란 운명이 기다리고 있다.

요즈음처럼 시대의 변화가 민감하고 장사의 방법에 따라 흥망성쇠의 파고가 높은, 더구나 자식이 뒤를 잇지 못하면 선수 교체 즉, 폐업이라는 사형선고가 기다리고 있다.

■ 실패가 두려워 계획을 세우지 못함은 어리석은 자의 변명이다

만약 처음의 계획을 이루지 못했을 경우 곧 새로운 계획을 세우는 것이 좋다. 그리고 그것도 잘 되지 않으면 또다른 계획으로 바꾸는 식으로 목표에 도달할 수 있을 때까지 몇 번이라도 참을성 있게 도전해 본다. 바로 여기에 포인트가 있는 것이다. 대다수의 사람들은 한 가지

계획을 세워서 그것에 실패하면 그에 대체하는 다른 목표를 세울 끈기가 없어서 성공의 기회를 놓쳐 버린다.

42 | 로보트 산업과 실업 문제

■

소유하고 싶은 것을 가지려면 먼저 회사를 위해서
생각해야 한다. 그렇게 하면 회사가 가지고 싶은
것을 줄 것이다.

폐업은 과거의 타성이 있기 때문에 결단성이 없으면 할 수 없지만,
신규 개업은 아무것도 없는 백지에 새로 그림을 그리는 것과 같으므
로 안이하게 출발한다.

특히 가진 돈의 범위 내에서 할 수 있는 일이라든가, 현재 누군가가
잘 되고 있는 장사의 흉내를 내는 것은 별다른 사려없이 첫걸음을 내
딛는 초보자의 예이다.

사람은 나이를 먹게 되면 과거에 꽤 큰 스케줄로 사업에 성공한 사
람일지라도 자기의 사업에 대하여 "이제 여기서 신장이 멈췄구나." 하
는 한계를 느끼게 된다.

지금까지의 사업은 어찌어찌 유지해 왔다고 해도 다음에 할 사업이
나 자식에게 시킬 일은 이제부터 발전할 듯한 새로운 사업으로 바꾸
어야 할 것이라고 스스로 판단한다. 정작 새로운 사업을 착수해 보면
여기저기에 허점이 있어서 생각대로 안 되는 경우가 더 많다.

예를 들면 최근에 가장 화제를 일으키고 있는 사업 중에 로보트 산업이라는 분야가 있다. 코스트 인플레와의 투쟁 속에서 가장 큰 비중을 차지하고 있는 것은 유류와 인건비다. 이 중에서 유류는 에너지 절약 작전이라는 일련의 사업을 유발했지만, 현재 유가가 그 끝을 알 수 없을 만큼 치솟고 있어 에너지 절약에 대한 시설 투자가 더욱 시급한 시점에 와 있다.

이에 편승하여 달러나 엔화의 약세가 이어지면 우리의 수출은 팔수록 손해를 입는 역 적자가 초래된다. 이때 중소 수출업체는 그 장벽을 넘기 힘들어 수출 중단이란 쇼크를 받는다.

인력 관리 쪽은 일시적으로 노임이 싼 지역으로의 기업 진출을 촉진했지만 로보트가 기술적으로 가능해지게 되면 공장의 자동화가 급속도로 진행하게 된다. 덕택으로 무인화 공장이 생기기도 하고, 공장 내에 있어서의 생산 과정의 자동화가 일어나서 기기와 설비를 만드는 로보트 메이커가 등장하게 될 것이다.

그러나 자동화함으로써 배제되는 노동력은 많으나 로보트 산업은 대중화시킬 수 없는 분야에 불과하므로 과장해서 떠들썩할 만한 성장은 기대할 수 없다. 그러므로 로보트 산업은 미래의 성장 산업이 될지는 모르나 반드시 국민적 스케일의 성장 산업은 아니다.

그러나 그 규모로 보아 대단한 것은 아니라고 해도 로보트를 채용함으로써 생산 과정에서 불필요한 인원을 감소하는 데는 큰 몫을 담당하게 될 것은 분명하다.

만약 이것이 사실이라면 로보트 산업보다도 메이커 전체가 큰 영향을 받게 된다. 예를 들면 로보트가 채용됨에 따라서 실업 문제가 심각하게 대두될 것은 자명하다. 특히 미국처럼 로보트로 대체되는 단순 작업의 분야는 흑인이나 맥시코인의 노동자가 많으므로 로보트 문제는 즉, 인종 문제라는 가능성도 아울러 내포되어 있다. 따라서 미국에서는 공장의 자동화에 대한 저항이 예상 외로 강하여 우리 나라와 같은 강성 노조가 존재하고 있는 한 그다지 가망이 없는 듯이 보인다.

그런데 이웃 일본에서는 로보트 채용에 반대하는 노동조합은 전혀 보이지 않는다. 사장부터 말단 노동자에 이르기까지 열심히 코스트다운에 참가하지 않으면, 국제 경쟁에서 이겨나갈 수 없다고 하는 공통의 위기 의식을 그들은 가지고 있는 듯하다.

가령 로보트의 채용으로 하여 자기의 일이 없어지는 입장에 놓인 노동자라도 "사장이 이대로 나를 내쫓을 리 없다. 반드시 배치 전환을 생각해 줄 것이다ㅣ"하고 믿고 있는 모양이다.

즉 일본과 같이 정서적인 경영이 실시되고 있는 나라에서는 타산적인 나라보다 생산의 합리화가 굴곡없이 진척된다. 그래서 기업 내에서 실업이 일어나도 그것이 당장 해고에 연결되지 않고 기업 내에서 해결하려는 움직임이 있으므로 다각경영이 하나의 유행이 된 것이다.

또 하나는 지금까지 공장 외부로 내보냈던 일감을 되도록 자사 내의 실업 대책에 이용하려고 마음을 쓰게 되니까, 하청의 배제 혹은 재편성으로 이어져서 큰 회사의 계열 밑으로 들어가게 되며 하청기업의 정리, 폐업에까지 영향을 주고 있다.

하청을 업으로 하고 있던 중견기업이나 영세기업에서 보면 몇 십 년이나 밥줄이었던 일거리가 줄어서 직원들에게 급료를 줄 수도 없게 되므로 폐업이나 전업의 갈림길에 놓이게 된다.

그러므로 로보트의 채용이 당장 기업의 인원 정리에 직결되는 것은 아니지만, 돌고 돌아서 산업계 전체의 개폐에 연결되어 채산이 안 맞는 기업부터 차례로 모습을 감추게 될 것이다. 어쩌다가 그 입장에 놓여진 사람에게 있어서는 대단한 사건이지만, 이와 같은 현상이 새 정세를 낳고 새 장사를 가능하게도 해준다는 사실을 염두에 두어야 한다.

■ 성공에 관한 짧은 시

깊이 생각한 다음에
늘 온화하게 말하며
많이 사랑하면서
자주 웃음을 띤 얼굴로
열심히 일하고
거리낌없이 내주고
즉시 지불하고
마음 속으로 기도하고
그리고 친절히 대하라.

43 | 지혜의 상품화가 키 포인트

■

창조적 지식인은 자신이 맡은 일을 개선, 개발,
혁신하는 방법을 알고 있으며, 그에 관련된 지식을
기록하며 활용하고 있는 다른 사람과 공유함으로써
부가가치를 높혀 나가는 사람이다

앞에서 새 장사를 성립시키는 조건의 하나로 '무엇이 부족한가를
생각한다.'고 썼다. 무엇이 부족한가를 예로 들더라도 시대에 따라서
이동과 변동의 격차가 있다.

한국 전쟁이 끝나자 물자가 매우 부족했으므로 물건을 만들고 공급
하는 장사는 어떤 장사라도 번성했다. 이런 시대에는 상인이나 쌀, 농
산물을 생산하는 농가나 헌옷 가게까지도 장사가 잘 되었다. 메이커
는 급속히 우위에 서고 일차산업에 가까운 방직 공장이나 의류 화학
섬유 회사가 큰 돈을 벌었다.

드디어 식료품이나 의료품이 충족되자, 다음에는 주거의 부족이 두
드러지게 되고, 또 최저의 생활이 어느 정도 해소되자, 다음은 고급
일용품이나 가재도구가 팔리게 되었다. 이어 TV, 냉장고, 자동차 등
등 모두 구매력이 수반되지 않으면 수요가 환기되지 않는 것들이며,
풍요로워지면 그만큼 새로운 수요가 일어나서 이전에는 사치품이라고

생각되던 물건도 차례로 대중 속으로 침투해서, '물건에 대한 욕망에는 한이 없는 것이 아닌가?' 할 정도로 우리들의 구매욕을 충동시킨다.

이러한 수요를 충족시키기 위하여 곳곳에 공장이 세워지고 슈퍼나 체인 스토아가 생겨서 '남한 2천만 명의 인구'라고 하던 나라가 5천만 명의 인구로 늘어나 세계 최하위 빈민국에서 국민소득 2만 달러와 세계 상위권의 무역국가로 발전하였다.

부족한 분야는 어느 시대에도 새로운 투자 대상이 되므로 사람의 손이 부족해지자, 이번에는 그 인력 부족을 해결하는 장사가 출현하게 되었다. 자동포장기, 자동판매기, 무인화역, 인력용역 회사 등등 어느 것이나 모두 필요로 하는 인력산업의 일환이다.

한편 인력 부족에 따른 임금의 급등은 드디어 코스트다운을 위한 기업의 다국적화를 촉진시켜 결국은 오늘날 로보트 산업의 발전을 보기에 이르렀다. 로보트의 채용, 공장의 무인화, 제품의 코스트다운으로 이어지고 또 인력 부족 해소에도 도움이 되므로 이미 산업계의 주요 테마로서의 자리를 찾이 할 날도 멀지 않았다.

물건의 부족이 해소되고, 인력 부족까지 해결되면 결국은 부족한 것이 없어져서 마침내 산업계는 싫어도 불황에 빠지고 만다. 기업의 생산 질서도 길이 막혀 버린다. 이에 따른 세계적인 동시 불황의 원인이 기본적으로는 선진국가가 성숙사회로 돌입한 것과 관계가 있다고 해도 좋을 것이다.

그러면 성숙사회에 새 수요가 없어져 버린 것일까? 충족하다고 해도 선진국에서도 아직 빈부의 차이가 남아있고 개발도상국 사이에는 더 큰 교차가 엄연히 존재하고 있다.

또 전체적으로 부유한 생활이 유지되고 있다고 하나, 컴퓨터 산업이나 유전자 공학과 같은 인간의 두뇌나 신체의 연장 선상에 있는 미개발 분야가 남아있다.

이러한 사회에서 무엇이 부족한가를 생각해 보면 뭐라 해도 '지혜의 부족'이 아닐까 한다. 현재 컴퓨터도 인간 지혜의 연장이고, 당뇨병을 고치는 약이라든가, 암의 특효약이라든가, 동물의 자웅, 인간의 성별을 마음대로 생산할 수 있는 테크닉 역시, 지혜로 승부할 분야라고 해도 좋을 것이다.

로보트의 보급에 따라 생산 과정에서 정리 도태된 사람들이 유통업계나 서비스업계로 흘러든다. 그러나 타업종으로부터 유입이 많다고 해도 기존의 기업과 같은 것이 배로 증가되는 것은 아니다. 신규 참여자는 반드시 새로운 아이디어를 내 걸고 등장하지 않으면 기존 업계에 끼어들 수가 없다.

다른 각도에서 보면 끼어들 틈을 발견할 수 있는 지혜가 있는가 없는가가 문제이며, 지혜의 유무가 장사의 포인트가 된다. 지혜만 있으면 성공할 수 있는 장사의 종류는 한없이 많다.

그러한 지혜를 가진 사람이 개업하게 되면, 진부한 기업은 퇴출하므로 유통 서비스업계에서도 메이커업과 마찬가지로 새로운 선수 교체가 생긴다. '지혜를 상품화'하는 것이 다음의 히트 상품으로 소비자의 시선을 끌 것이다.

■ 열중은 성공의 힘이다

열중하게 되면 자신감이 생겨 모든 일이 가능하게 보이며, 자기가 세운 꿈을 실현할 수 있다고 믿게 해 준다. 즉 목적으로 가게 하는 원동력이 되는 것이다. 그러므로 지나간 과오나 실패는 잊고 현재에 열중하면 보답을 얻는다.

44 | 뛰어난 두뇌가 가져다 주는 행운

사고하는 인간은 자신을 현명하게 만든다. 그러므로
지식과 지혜는 평안한 인생으로 인도하는 열쇠다.

새 사업을 착수한 지 단기간 내에 성공한 사람의 경우를 보면 공통된 특징이 있음을 엿볼 수 있다. 우선 훌륭한 사고력을 가지고 있다고 하는 점이다. 즉 머리가 좋은 사람이라는 확신감이다.

이 세상에서 머리가 좋지 못하면 성공할 수 없으며, 타고난 둔재는 가망이 없다는 말이 된다. 사실 그것은 부인할 수 없는 인간의 지혜다. 머리가 나쁜 사람은 머리 좋은 사람에게 늘 이용당하는 운명에 놓이는 경우가 적지 않다.

옛날이나 지금이나 우리 인간은 '힘'을 문제로 하여 능력이 있는 자에게는 당할 수 없다고 처음부터 단념한다. 그런 경우 사람에 따라서 받아들이는 방법이 다르지만, 힘에는 '완력'도 있지만, '무력'도 '자본력'도 있다. 또 '체력'도 있지만, '매력'도 '정치력'도 있다.

이들 힘의 가장 원시적인 형태는 아마도 '완력'일 것이다. 완력이 센 사람이 약한 자를 제압하는 것은 충분히 생각할 수 있는 일이지만,

봉건시대 통치자 앞에서 벌어지는 각종 시합 등을 보아서도 알듯이 완력이 있는 자는 시합에 응하는 용사일뿐 명령하는 쪽은 아니다. 명령을 하는 쪽은 완력은 약해도 강한 자들을 제어하는 '지력智力'을 가진 사람이며, 그러한 사람들이 천하를 정복한다.

그러므로 무력·경제력·정치력 등 힘의 배우에 있는 것이 지력이며, 힘이 있는 자로서 지혜를 겸비하지 않은 자는 없다. 사장이나 업주가 될 만한 인물은 모두 어떠한 의미에서 '지력'이 있는 사람에 속한다고 단정해도 좋을 것이다.

좋은 머리에는 여러 종류의 사람이 있다. 예를 들면 지혜 중에는 돈에 활용되는 지혜도 있고, 돈에 도움이 안 되는 지혜도 있다. 또 많은 사람들로부터 귀중한 보물처럼 사랑 받는 지혜도 있고, 사람을 속이는 지혜도 있다.

첫째, 사람들에게 존경 받는 지혜를 가진 자라고 해서, 그 사람이 모든 사람들의 우위에 설 수 있다고는 할 수 없고, 반드시 큰 부자가 된다고도 예측할 수 없다. 즉, 머리가 좋으면 반드시 사업에 성공한다고는 할 수 없지만, 머리가 좋다는 것이 사업을 성공시키는 조건의 한 가지라는 데는 변함이 없다.

둘째로, 운이 좋아야 한다. 머리가 좋은 사람은 운, 불운에 상관없이 양지가 어딘가를 찾아 부단한 노력을 각오하고 출발해야 하지만, 운이 좋은 사람은 움직이지 않아도 자기가 위치한 곳에 밝은 햇빛이 비추어 온다.

예를 들면 교외에서 농사를 짓고 있던 사람은 머리가 좋건 나쁘건 상관없이 경작하던 논밭이 고속도로나 고속철도의 휴게소나 승합장이 되는 바람에 평당 몇 만원 하던 땅이 하루 아침에 백만 원으로 뛰어오르기도 한다.

이런 사람은 이렇다 할 상재를 가지고 있지 않아도 재산을 지키는 뚝심을 지니고 있으면 아무 능력 없이도 억만장자의 무리 중에 낄 수 있는 현실이다. 또 전문 지식이 없는 사람이 컴퓨터 메이커의 대표가 된다든지, 오토바이 메이커의 사장이 된다든지 할 수는 없지만, 남의 권유로 주유소를 개설한다든가 분식점을 개설하면 그것이 시대 조류에 잘 맞아들어서 순식간에 불어나 10개나 20개의 체인점으로까지 성업하게 되는 경우가 있다. 이렇듯 운이 좋은 사람은 운이 나쁜 사람보다도 순조롭게 일이 잘 풀려 나간다. 사업에 성공한 사람은 운의 도움을 받는 면도 많은 듯하다.

셋째로, 옛날부터 한 가지 일에 종사하고 있던 사람이 어느 날 갑자기 운이 터져서 같은 분야에서 성공하게 되었다는 예는 거의 없다. 사업이 성공되기까지는 착수해서부터 일정 기간을 필요로 하지만 신규에서 성공하는 사업은 모두가 새로운 사업이며 본인은 지금까지에 체험한 바 없는 분야의 일들이다.

예를 들면 '꼬마 김밥'을 시작한 사람이나 '보온 도시락'을 만든 사람 모두가 그런 경험을 가지고 있었던 것은 아니다. 새로운 사업에 착수하여 경영의 묘를 살려서 성공하는 것이므로 가망이 있음직한 '새로운 일'을 찾는 것과 '경영의 묘를 살리는 것'이 키 포인트가 된 것이다.

이 두 가지는 모두가 운의 문제가 아니고 머리의 문제이므로 역시 '우수한 두뇌'가 불가결의 조건이 된다는 뜻이다.

1) 기업 경영을 투명하게 한다.

2) 대출금의 연체는 금물이다

3) 사장의 신용관리도 철저하게 해야 한다.

4) 공과금도 밀리면 안 된다.

5) 부동산의 권리 침해를 경계한다.

6) 차입금은 매출액보다 적어야 한다.

7) 임직원의 잦은 교체를 피한다.

8) 재무구조를 건전화한다.

9) 부실 채권을 줄인다.

10) 확실한 비전을 제시한다.

45 | 성공하지 못한 사람은 결함인간인가?

■

목표의 설정은 성공의 첫걸음이다. 목표는 인간에게
방향을 준다. 목표는 인생의 표적이며 성공의 핵심이다.
목표가 없는 인생은 의미도 성장도 행동도 없다.

그러면 머리가 나쁜 사람은 어떻게 하면 될 것인가? 우선 머리가
나쁜 사람은 자기의 머리가 어느 정도 나쁜 지 잘 모르므로 똑같이 노
력해도 일이 잘 되는지 안 되는지 그 구별을 판별하는 능력이 부족하
다.

무엇보다도 자신의 노력의 한계를 깨닫는 것만큼 사업에 중요한 요
소는 없다. 머리가 좋은 사람이란 '이해가 빠른 사람'을 가리키는 것
이지, '무엇이든 잘 할 수 있는 재주꾼'을 말하는 것은 아니다.

사람에게는 가능한 것과 불가능한 것이 있다. 뛰어나게 잘 하는 것
과 잘못하는 것이 있다. 계수에는 밝지만 인력관리를 잘 못하는 사람
이 있는가 하면 그 반대 경우의 사람도 있다. 또 발명의 재능은 있으
나 그것을 상품화하는 재질이 전혀 없는 사람도 있고 그 반대로 손재
주가 능란한 사람도 있다.

또 같은 회사에 근무하고 있는 사람일지라도 책상 앞에서 무엇을

생각해 내는 것은 잘 하나 외부 활동에는 아주 소극적인 사람이 있다. 반대로 영업을 하면 기운이 나지만, 책상에 앉기만 하면 죽은 듯이 위축되는 사람도 있다.

그러한 자기의 장점과 단점을 잘 파악하여 할 수 있는 것과 할 수 없는 것의 판단을 스스로 조정할 능력이 있다면 '머리 나쁜 사람'의 부류에는 들어가지 않는다. 자기의 장점을 살리고 단점을 피해서 처신할 수만 있다면 능률도 오르고 실패의 확률도 적다.

그러므로 자신이 어떤 일에는 소질이 있으나 다른 일에 재능이 없다는 사실을 모르는 사람에게는 치료할 약이 없다. 아마도 지금 내가 무슨 이야기를 하고 있는지조차도 이해하지 못하는 것이 아닐까 궁금할 정도다.

아무리 머리가 나쁘다고 해도 자기의 어리석음을 깨닫는 것은 무엇보다도 중요한 일이며, 그것을 알았으면 어떻게 대처하면 좋은가 스스로 찾아내려고 노력한다면 얼마든지 방법이 있다고 생각한다.

첫째로, 사람은 자기의 장점에 돛을 달고 달리는 것이 중요하다. 단, 장점이 뚜렷한 사람은 너무나 인간적으로 완고한 성격의 사람이 많고 세상에서 별난 사람이라는 취급을 받기도 하고, 때로는 가족이나 주위 사람들에게 피해를 주는 존재가 되기도 한다.

그러므로 자기 수양을 계발하는 교양 서적에서는 이런 사람에게 '원만한 인격'을 도야하는 수련을 쌓도록 권유한다. 원만한 인격이란 싫은 일을 억지로 시키는 것에 불과하므로 극기심을 양성한다는 의미에서 중요한 자기 반성이다. 그러나 결점에 대해 교정을 받도록 하는 방법은 장점을 신장시키는 것에 비하면 대단히 능률이 나쁜 인간성

활용법이다.

장사라는 것은 마이너스의 부분, 즉 네크의 부분에서 승부가 결정되지만, 개인의 재능은 플러스의 부분, 그 장점 부분에 따라서 평가된다.

예를 들면 예술가나 발명가는 광장한 재능을 발휘하는 반면, 그것을 상쇄하고도 남을 만큼의 결함 인간인 경우가 많다. 그 때문에 세상으로부터 따돌림을 당하기도 하고, 극빈 생활 속에서 불행한 생애로 끝나는가 하면, 가족들에게 엉뚱한 피해를 주기도 한다. 저명한 예술가나 발명가의 전기를 읽을 때마다 주위 사람들은 매우 성가셨을 것이라는 동정을 금할 수 없는 연민의 정을 느끼게 한다.

독창적인 일을 하는 사람들에게 있어서도 예외는 아니겠지만, 장사의 세계는 지극히 상식적인 관계가 성립되므로 좀더 다른 룰이 지배하고 있는 것은 아닐까 한 번쯤 생각하게 된다.

물론 표면만 바라보고 있는 동안은 누구나 그렇게 생각할 것이다. 그러나 성공한 사람들과 자주 접촉하다 보면 실업계 역시 예술가나 발명가들의 창조적 분야와 그다지 다르지 않는다는 사실을 통감하게 된다.

그것은 선친의 사업을 후대까지도 소중히 간직하고 이끄는 사람을 제외하면 새로운 일에 독창적인 수법으로 도전하고 있는 사람들도 연구의 세계이며, 이와 같은 창의력이 없으면 사업체를 이끌어 가지 못한다. 예술가적인 창의력과 다른 점이 있다고 하면, 개인적인 사업이 아니라 많은 사람들의 협력을 필요로 하는 종합적이라는 점이다.

그러므로 뛰어난 사람의 무대 감각에 '멋이 있는 춤을 춘다'는 재능을 발휘할 수는 없지만, 그들 모두가 원만한 인격자인가 하면 뜻밖에도 불균형적인 성격의 사람이 많다. 아마도 사업 역시 완전한 인간에 의한 퍼펙트 게임은 아니고, '위대한 장점'을 가진 결함인간에 의해 시행착오로 얻는 결과인지도 모른다.

그런 의미에서 실업가 역시 결점과는 상관없는 장점으로 승부를 거는 평범한 보통인간이라고 말할 수 있겠다.

그럼에도 불구하고 실업계에서 사장 역할을 하고 있는 사람의 결함이 쉽게 드러나지 않는 것은 작업 전체가 일종의 팀웍으로 구성되어 있어서 어느 정도 커버되기 때문이다. 그것은 팀웍이 잘 되어 있으므로 해서 사장의 장점이 발휘되어 결점을 커버할 수 있고, 결함을 지닌 인간이라 할지라도 사장으로서의 영향을 발휘할 수 있다는 말이 성립된다.

한 나라의 대재벌 그룹 회장을 세상 사람들은 큰 인물로 생각하고 있을지도 모른다. 사실 큰 인물임에는 틀림없지만, 결함 인물과의 차이는 반드시 모순된 개념은 아니다.

큰 인물은 한 가지 재주가 뛰어나서 그 부분을 돌파구로 해서 인생의 극치에 도달한 사람을 말하며 완벽무비의 절대적 인간이라는 뜻은 아니다.

예를 들면, 어느 재벌의 회장은 학력도 없는 편이고, 거기다가 신체적 결함을 가지고 있었다. 그런 사람이 세계적인 스케일의 기업왕국을 구축할 수 있었던 것은 본능적으로 시류를 꿰뚫어 보는 감각이 남달랐기 때문이며, 또 자기의 결점을 파트너, 혹은 부하의 장점으로 커버하는 행운을 얻었기 때문이다. 한편 사람의 마음을 포섭하는 점에서 선천적이라고 할 만한 재능을 함께 갖추어 인사 관계에서 탁월한 수완을 엿볼 수 있다.

건설업에서 대성한 어느 재벌 회장은 동생이란 좋은 파트너가 있었고, 식품업계에서 두각을 나타낸 S그룹 회장은 한쪽 팔 역할을 해주는 충실한 부하가 있었다. 두 사람 모두 자기의 결점을 보충해 주는 보좌역이 있었기 때문에 성공한 것이며, 만약 그러한 인재의 혜택이 없었더라면 성공자의 명단에는 끼이지 못했을지도 모른다. 그런 의미에 있어서 결점이 있는 사람은 그것을 보충해 줄 사람을 찾아낼 수만 있다면, 성공에의 길을 걸을 수 있다.

그와 같은 자리에 오르고 유지하기 위해서는 우선 자기의 결점이 어디에 있는가를 충분히 인식하지 않으면 안 된다.

자기가 자신의 결점을 알고 있다는 것은 이미 '머리 나쁜 자'의 범위에 들어가지는 않겠지만, 그런 사람일지라도 좋은 파트너를 만날 수 있다고 단정할 수는 없다. 거기에서 운이 좋은 사람과 나쁜 사람의 차이가 생긴다.

■ 알래스카를 산 세계 제일의 부동산업자

1867년, 러시아의 알렉산드르 2세는 황실의 재정이 엉망인 데다가 영토가 너무 넓어서 걱정하는 형편이었다. 당시 미국의 국무장관이었던 윌리엄 수어드는 러시아와 교섭하여 그 넓은 알래스카를 720만 달러에 사들이게 되었다. 쓸데없는 낭비를 했다고 국회에서 말썽이 난 적도 있지만 그로부터 29년 후에 거대한 금광이 발견되는 바람에 수

어드 씨는 일약, 선견지명이 있는 사람으로 평가 받기에 이른다. 석유, 목재, 지금도 알래스카에는 무한한 자원이 있고, 군사적으로도 큰 가치를 가지고 있다고 하니 부동산 거래로서는 역사상 가장 멋진 거래였을 것이다.

46 | 모방을 하려면 철저히 하라

■

새로 출발하려는 사람은 '옛날에 잡았던 절구공이'를 다시 잡아서는 안 된다. 이미 체험한 것에 대해서는 고정 관념이 머리 속에 가득 차 있기 때문에 새로운 것을 만들어 낼 수 없다.

원래 중소기업에는 우수한 인재가 모이기 어렵다. 더구나 사업에 실패하고 처음부터 다시 출발하려는 사람에게 좋은 파트너를 기대하기란 어렵다.

독창성이 풍부하지 못한 평범한 사람에게 새로운 사업을 발견할 찬스가 과연 있을 것인가. 생각만 해도 위축이 되어 한 걸음도 접근하지 못할 것이다. 하지만, 그런 사람에게도 잘 하면 재기의 길은 열려질 것이라고 생각한다.

어떻게 하면 이 난관을 극복할 수 있는가? 그것이 무엇보다도 필요로 하는 모범이 될 만한 사람을 찾는 일이다. 자기의 스승이나 숭배하는 사람, 지표가 될 사람을 발견해서 그 사람의 언동을 잘 연구하고, 그 사람의 흉내를 철저하게 따르는 일이다.

그러나 중소기업의 사장이나 샐러리맨이 '대재벌의 그룹 회장'의 흉내를 제아무리 따른다고 해도 잘 된다고는 단정할 수 없다. 스케일이

너무 차이가 나도 안 되고, 시대가 달라도 안 된다.

예를 들면 P제약회사의 사장도 30년 전에는 큰 병에 들어 있는 비타민제를 사다가 거리에서 판매를 하던 약장수였으므로 지금부터 그를 흉내내어 사업을 시작하면 될 것이 아니냐고 생각할지도 모른다. 그러나 성장 경제의 파도를 타고 사업의 확대를 할 수 있었던 시대와 저성장 하에서 물건이 남아도는 시대와는 장사의 방법이 완전히 다르다.

그러므로 어느 기업을 모방한다고 할 때, 지금 현재 잘 되어 나가는 사업의 범위를 그다지 틀리지 않게 한다든지, 또 회사의 선배로 역량을 발휘하는 일이라면 신뢰할 수 있다고 하는 믿음이 없다면 별다른 효과를 얻지 못한다. 실현 가능한 지표가 아니면, 아무런 도움이 되지 못한다는 뜻이다.

아무리 복잡하고 어려운 세상이 되었다고 해도 우리들의 눈이 닿는 범위 내에는 반드시 이러한 지표가 될 만한 사람이 있게 마련이다. 성공의 예도 있고 실패의 예도 있다. 또 '저 사람과 같이 되고 싶다'고 하는 사람도 있지만, '그런 사람이 되고 싶지 않다'고 하는 사람도 있다.

그 어느 것 모두 쓸모가 있는 것이며, 실패의 예는 왜 실패했는가, 성공한 예는 어떻게 성공을 했는가, 어느 것이나 살아있는 연구 대상이라고 해도 좋을 것이다.

물론 배운다고 하면 당연히 성공한 예를 배워야 될 것이며, 평상시의 교제도 성공한 사람들과 교감을 나누어야 한다. 성공한 사람의 이야기를 듣고 있으면, 그 사람의 사고방식, 사물에 대한 날카로운 관찰법 등을 잘 알게 되므로 '과연 이렇게 하면 잘 되는 것이다' 하는 요령을 이해하게 된다.

요즈음 여러 종류의 성능 좋은 복사기가 시중에 나와 있어서 기계에 넣으면 원본과 똑같은 카피를 얻어낼 수 있다. 처음으로 새로운 일을 생각해 내는 사람에게는 창의에 대한 연구가 요구되므로 오리지널은 어렵지만, 남이 한 것을 카피하는 일이라면 1에서 10까지 감쪽같이 금방 만들어 낼 수 있는 시대이다.

또 실패할 것인가? 성공할 것인가? 모르는 내용을 흉내내는 것이라면 약간의 염려가 뒤따르겠지만, 성공한 사례를 그대로 따르는 것이니까 큰 불안은 없다.

단, 체면 불구하고 철저하게 흉내를 낼 열의가 필요하여, 남이 무슨 소리를 하든 철저하게 해 낼 수 있는 철면피적인 태도가 필요하다. 즉, '남의 흉내를 철저하게 내는 것도 지혜'이며, 어린이의 성장은 어른의 흉내에서 비롯된다는 예에서도 알 수 잇듯이 선각자의 뒤를 따르는 일부터 시작하면 드디어 모방의 범위를 벗어날 수 있다. 자동차도, TV도 모두 그런 과정을 거쳐서 세계적 수준의 상품이 된 것이므로 출발선에 선 사람이 남의 흉내에서부터 시작해서는 안 된다는 법은 없다.

따라서 새로 출발하려는 사람은 '옛날에 잡았던 절구공이'를 다시 잡아서는 안 된다. 이미 체험한 것에 대해서는 고정관념이 머리 속에 가득 차 있기 때문에 새로운 것을 만들어 낼 수가 없다. 하물며 한 번 실수한 것을 또다시 흉내를 내면 잘될 리 없지 않겠는가.

어차피 본을 뜨려면 실패한 기업의 뒤를 밟는 것이 아니라 성공한 사람의 뒤를 본떠서 두 마리째의 미꾸라지를 얻는 편이 훨씬 유리할 것이다.

▣ 성공자와 실패자의 차이

승자는 실수했을 때 "내가 잘못했다고 말한다."
패자는 실수했을 때 "너 때문에 이렇게 되었다"고 말한다.
승자는 "예", "아니오"를 확실히 말하고
패자는 "예", "아니오"를 적당히 말한다.
승자는 어린아이에게도 사과할 수 있으나
패자는 노인에게도 고개를 못 숙인다.
승자는 넘어지면 일어나 앞을 보고
패자는 넘어지면 일어나 뒤를 돌아다본다.

47 | 정말 불황 때문에 팔리지 않는 것일까?

아무리 좋은 상품도 사람이 만들어 낸다. 영업은
인간관계의 신뢰를 파는 것이며, 상품은 각각 얼굴을
가지고 자기를 표현하는 생명의 유기물이다.

장사가 잘 안 되는 원인을 추적해 보면, 대개 자기 자신에게 책임이
있음을 깨달아야 한다. 그러나 인간은 누구나 자기의 결점을 인정하
고 싶어 하지 않으므로 책임 전가를 할 이유만을 생각한다.

최근에는 불황이 가장 말하기 쉬운 구실이 되었다.

"요즈음 장사는 어떻습니까?"

"아니, 이 불황에 장사가 되겠습니까"

하고 도장을 찍는 듯한 대답이 돌아온다.

불황이 되면 구매력이 떨어지므로 팔리던 물건도 잘 안 팔린다. 팔
리지 않게 된 것을 불황 때문이라고 하면 일단 설명이 붙는다. 그렇다
면 불황에서 회복되면 팔리지 않던 물건이 다시 팔리게 된다는 말인
가?

예를 들면 거리에 새로운 할인매장이 생겨서 손님들은 이쪽의 가게
를 지나서 다른 매장으로 쇼핑을 하러 가게 되는데, 경기가 회복되었
다고 해서 그 손님들이 다시 이쪽으로 돌아와 줄 것인가? 누구에게

물어도 답은 아니라고 분명히 말할 것이다.

한편 슈퍼의 손님이 할인매장으로 발걸음을 옮긴 것은 시류를 타고 소비자의 필요에 응해서 새로운 판매 매체가 생긴 것이며, 이것을 '구조 변화'란 말로 표현될 성질의 것이다. 바로 슈퍼 그 자체가 소매점이며, 자본이 있어서 할인점이 된 것이 아니고 소비자의 요구에 따라서 경영을 했으니까 발전하여 대형할인점이 된 것이다. 경영자의 출신을 살펴봐도 처음에는 작은 상점 주인에 불과했던 사람들이다.

한편 장사가 잘 안 되는 상점 주인에게는 피해 의식이 강해서 자기 반성은 하지 않고 대자본주에게 먹혀 버렸다고 생각하는 사람이 많다.

그러나 시류가 변하면 거기에 따라 가지 못하는 기업은 스케일의 대소를 막론하고 똑같이 피해를 받는다.

예를 들면 풍요로운 사회가 계속되는데도 물건의 구매력이 떨어지는 것은 소매점뿐만이 아니다. 할인매장도, 백화점, 대형유통점도 다같이 매상이 떨어진다. 특히 생활용품은 이미 포화 상태에까지 와 있어서 매상이 좀처럼 신장되지 않으므로 주로 실용품만을 취급하고 있는 의류품 판매장은 피부에 닿을 정도로 감수 감익에 허덕이게 된다.

① 계절적 요인, 예를 들면 겨울과 여름, 혹은 더위와 추위 때문에 팔려야 할 것이 팔리지 않는다.

② 3년이나 4년 주기로 반복되는 불황기에 빠진다.

③ 유행의 변화에 우연히 발생된 마이너스 요인도 판매 부진의 조건이 된다.

우연히 쌓이고 쌓여서 생긴 핀치라면 언젠가 매상이 회복되리라는 것을 기대할 수 있다. 그러나 불황을 장기화시키고 있는 원인이 소비자의 구매 심리의 변화이며, 더구나 판매 부진이 다시 환원되지 못할 성질의 요인이라면, 이것은 금전 유통의 기본적인 변화이므로 대책을 세우지 않으면 대기업이나 영세기업을 불문하고 심각한 경우에까지 부딪치게 될 것이다.

쉽게 말해서 슈퍼의 매상은 감소 추세에 놓여 있다. 업적이 악화되어 감수되고 있는 슈퍼의 경영난은 일목요연하지만, 한 자리 수의 증수로 되어 있다고 해도 그 내막을 들여다보면 불채산 점포가 속출하고 있으며, 그 마이너스를 신규 점포의 매상으로 겨우 커버하고 있는 실정이다.

이 계제에 불채산 점포는 용단을 내려 문을 닫고, 다른 곳에 새 아이디어로 점포를 낸다고 하는 소위 스크랩 앤드 빌드(Scrap and build)를 단행하든지, 채산점포라도 상품 구성을 일신해서 '대량 판매점'에서 '특수전문 판매점'으로 전향시킨다든가, 의류 부문에서 식료품 부문으로 계획 상품을 바꾼다든가, 혹은 식료품 매장을 종래의 이미지와 아주 다른 높은 등급의 것으로 바꿔버리든가 하지 않으면 기업의 존망에 영향이 미치지 않는다고 단정할 수 없다.

이 정도의 핀치에 슈퍼업계가 빠져든 것도 종전의 매스프로 제품을 매스세일하는 방식으로는 이미 소비자들의 구매 심리에 합치되지 않았기 때문이며, 한 번 이러한 상태에 놓이게 되면 아무리 자본이 윤택해도, 또 아무리 스케일이 커도 자연 도태의 함정에 스스로 빠지게 된다.

✱ 남의 이익을 생각하는 사람에게 이익이 돌아온다. - 중국 속담

✱ 돈이란 섹스와 같다. 없을 때는 오로지 그것만을 생각하고 있으면 다른 곳에 눈을 돌린다. - 제임스 볼드윈

✱ 돈을 사랑함은 모든 사악함의 근본이다. - 성경

✱ 돈이 없어도 행복해질 수 있다고 현혹하는 말은 영혼에 대한 사기다. - 알베르 카뮈

✱ 돈에 관심이 있다면 다른 사람을 신뢰하라. - 아가사 크리스티

✱ 나는 돈에 별 관심이 없다. 돈이 나에게 사랑을 사 주지 않기 때문이다. - 존 레논

✱ 돈이 없어도 젊을 수는 있다. 그러나 돈이 없다면 결코 늙을 수 없다. - 테네스 윌리암스

✱ 돈과 재산, 만족만을 원하는 사람은 세 친구를 잃은 것과 같다. - 셰익스피어

✱ 돈은 5감을 완벽하게 사용하지 못하게 만드는 제6감이다. - 서머싯 모옴

48 | 불황과 돈의 흐름은 다르다

■

소비자를 이끄는 새로운 힘이 요구되는 시기이다.
그것은 감성과 꿈, 그리고 이야기와 문화이다. 이제
소비자들은 상품을 사기보다는 그 상품 속에 담겨있는
이야기와 꿈이라는 문화를 사고 싶어 한다.

빌딩 1층이 모두 비어 있는 것을 보고 패션 장사에 성공한 사람이 찾아와서,

"그 자리에서 토속 음식점을 개점하고 싶은데, 어떨까요?"
하고 의견을 물어왔다.

이 사람은 이미 다른 곳에서 성공한 실적도 있지만, 성공의 요인을 살펴보면 끊임없이 시대의 움직임에 신경을 써서 다음의 새 상품으로 교체시키는데 남다른 재능을 가지고 있는 듯했다.

때 지난 제품은 바겐세일로 재고 정리를 꾀하고, 점포 구성에 싫증이 나면 일정 기일 동안 문을 닫고 가게를 다시 개축, 단장하는 용단을 내려 새 모습을 갖춘다.

이만한 센스를 가진 사람이라면 토속 음식점을 새로 개점한다 하더라도 이미 장사에 대한 요령을 터득하고 있으므로 그의 제안을 승낙하고 제과점 외에 분식점을 경영해 보도록 권유, 기술 지도를 해 줄

사람까지 알선해 주었다. 그러자 당사자는 즉시 서울로 달려가서 요식업 전문 디자이너에게 설계를 의뢰하고, 또 주방기기 일체를 발주해서 약 3개월 걸려서 개업을 했다.

개점을 눈앞에 두고 완비된 점포를 보고 나는 메뉴의 가격 책정에 대해서만 다소 주문을 붙였다.

"이 정도라면 4개월 후엔 당신의 목표 매상고에 도달할 것입니다. 잘될 겁니다."

신문에 단 한 줄의 광고도 내지 않았지만, 식당 안에 들어서기만 해도 어쩐지 먹고 싶어지는 가게이니까 틀림없이 잘 되리라고 생각했다.

한 그릇에 8000원짜리 갈비 우거지탕은 소비자의 상식으로는 너무 비싸다고 할지 모르나 뚝배기에 가득 담은 한우 갈비는 고객들을 매료시킨다. 우리 나라 사람들은 대식하는 편이므로 조금만 넉넉히 주문하면 5~6만원의 매상은 올린다.

"너무 비싸다. 이렇게 많은 돈을 내고 사먹는 사람이 몇 명이나 있을까?"

하고 불평하는 소리를 귓전으로 들었으나, 오히려 주부들이나 젊은층으로부터 호응을 얻어 단골이 생기고 그로부터 3개월이 지나자 예정선을 돌파하고, 6개월째는 1년 후의 목표 매상을 15% 이상 초과 달성하는 성과를 올렸다.

불황 속에서의 대성공이었으므로 주위 상인들이 팔장만 끼고 바라볼 리가 없다. 굵직한 사업가까지 자를 가지고 와서 손님으로 가장하고는 테이블이나 의자의 높이까지 재고 있었다. 이전에 대형 다방을 만들었을 때와 같이 반 년이 못 가서 몇 십 개의 최고급 음식점이 탄생할 것이라고 생각되었다.

그들의 방법은 본대로 겉모양을 모방해서 우선 닮은 것을 만든다. 비슷하기는 하지만, 부처님을 만들고 혼을 넣지 않는 것과 같아서 어딘가에 허점이 있고 손님을 끌기 위하여 다소 낮은 값으로 승부를 걸어온다. 그러나 몇 십 개의 업소가 새로 생기든 염두에 두지 않고 적당한 시기에 이르면 탈바꿈시킨다. 이것이 장사의 요령이다.

식당 주인은 자기 자신을 가리켜 '손님을 끄는 뚜장이'라고 했지만, 어떻게 하면 손님을 모을 수 있을까를 늘 생각하여 불황 따위는 어디에서 부는 바람인가, 또 불황이란 사람과 돈의 흐름이 어느 한 곳에서 다른 곳으로 이동하는 현상에 불과하다는 사실을 깨달을 수 있는 능력의 소유자임이 분명했다.

■ 불평의 모래를 아낌없이 버리자

당신의 어려운 사정을 솔직하게 글로 써 본다. 일 년 동안 계속 써서 모아보면 틀림없이 거대한 리스트가 될 것이다. 이를 모두 고통의 문제라고 쓰여진 쓰레기통에 던져 버린 다음에 괴로움의 알맹이를 진솔하게 관찰해 보라. 그러면 어떤 중대한 사실을 발견하게 될 것이다. 일이 제대로 풀리지 않는 경우에 토로하는 불평의 씨앗이 도처에서 화합의 싹을 틔울 때 당신을 가치 있는 인간으로 가꾸어 준다. 인격의 그릇이 크면 클수록 많은 어려운 문제를 처리하여 담을 수가 있는 것이다.

49 | 도시가 발전하는 장소를 찾아라

■

집을 장만할 계획이 있다면 새로 발전해 나가는
방향, 아직은 인기가 드문 지역에 준비할 일이다.
이는 값이 쌀 때 사두면 금방 빈 곳이 메워져서
사람도 많아지고 땅값도 단기간에 상승될 것이
내다보이기 때문이다.

여자를 유혹하는 것도 돈을 버는 일도 곧잘 낚시질에 비유한다. 사실 고기 낚기에 비유하면 이해하기 쉬운 면이 있다.

민물낚시나 바다낚시, 고기를 낚는 사람은 경험적으로 어디에 가면 고기가 잘 잡히는가를 알고 있다. 그래서 낚시를 갈 때는 언제나 잡힐 만한 곳을 찾아 나선다.

그런데 오랫동안 좋은 어장이라고 생각하고 있던 곳에서 돌연 고기가 잘 잡히지 않는 경우가 있다. 그 원인에는 여러 가지가 있는데, 상류에서 오수가 흘러들어서 고기의 서식에 부적당하게 되었다든가, 물고기의 먹이인 프랑크톤이 발생하지 않게 되었다든가, 조수의 흐름이 바뀌어서 수온이 달라졌다든가, 여하튼 무슨 변화로 물고기의 통로가 변해 버린 탓이다. 물고기의 통로였던 곳에 고기가 오지 않게 되어 버리므로 걸리지 않게 되는 것은 당연하다.

"전혀 물리지 않는다."

"굉장한 흉어인데."

그러나 어떤 장소에 위치한 사람이 고기를 못 잡게 된 것은 고기가 물에서 사라져 없어졌기 때문만은 아니다. 지금까지 통로였던 곳을 고기가 다니지 않게 된 것 뿐이며, 고기가 다른 곳으로 다니게 된 탓이다. 그러므로 새로운 고기의 통로를 찾아서 어장을 옮기면 되는데, 몇 십 년이나 한사코 같은 곳에서만 잡으려고 하는 습성 때문이다.

옛날에 비하여 고기의 조황이 나쁘니까, '세상이 점점 나빠져 간다'고 하는 생각에 사로잡히게 되는 것이다.

똑같은 거리의 모습을 보아도 발전해 나가는 방향이 있다. 서울의 경우는 무슨 이유에서인지 동남과 서, 즉 강남 지역 방향으로만 주거 지역이 뻗어나갔기 때문에 '도시는 남과 서로 발전하는 경향이 있다'고 해설하는 사람이 있지만, 이것은 어쩌다가 도시를 둘러싼 특수한 조건이 가져다준 결과일 뿐이다.

'사람은 따뜻한 곳을 찾는다'고 한다면, 남쪽을 선호하는 것은 납득이 가지만, 서울의 한강을 중심으로 강북과 강남이라는 지형의 특수성으로 인해 발전되었다고 생각하는 편이 옳을 것이다.

지방도시에 가 보면 지형에 좌우되어 동으로 향하는 곳도 있지만, 북으로 발전해 가는 곳도 있다. 어느 쪽으로 향해 가든 거리는 살아 있다. 끊임없이 움직이고 있는 것만은 확실하다.

집을 지어 파는 건축업자나 토지를 중개하는 부동산업자는 물론 장사를 하는 소매업자도 모두 이 동향에 주시하지 않으면 안 된다.

예를 들면 필수적으로 대형할인매점이 지방도시로 진출한다. 역전의 상점가에 매장을 내려고 해도 공간이 없고 또한 기존 상점가의 유지들이 일제히 반대함으로 다소 떨어진 외각지대의 폐업한 공장 같은 땅을 사게 된다. 역전의 땅값이 평당 5백만 원이라면 인적이 드문 지역은 기껏 50만 원이나 그 이하의 가격이다. 더구나 5백 평, 천 평씩의 큰 단위로 매입할 수 있다는 이점이 있다.

할인매점은 대량사입, 대량판매를 상술로 하고 더욱이 일괄해서 일용품의 태반을 구입할 수 있기 때문에 손님을 끌만큼의 매력을 가지고 있다. 지금은 시골 사람들도 차를 가지고 있기 때문에 충분한 주차시설만 있으면, 먼 곳에서도 쇼핑객이 찾아온다.

그렇다면 찾아오는 손님을 상대로 일반 상점에서 팔지 않는 상품을 취급하면 장사가 되니까 주변에 새로운 상점가가 형성된다. 그러는 사이에 인파의 흐름은 이미 바뀌어서 신흥 상가에는 인파가 넘쳐 흐르는데, 옛 상가에는 손님이 오지 않으므로 보기에도 쓸쓸할 정도로 쇠퇴해진다. 땅값도 신흥지대는 50만 원하던 것이 백만 원이 되고, 구 상가는 5백만 원하던 것이 반대로 3백만 원에도 살 사람이 없다는 상태로까지 전락해 버린다.

가까운 역 주변을 살펴보면 역 앞의 상가가 쇠락하기도 하고 뒷골목 한적하던 곳이 빌딩 숲을 이룬 광경을 목격한다. 주택가에 대해서도 거의 같은 현상이 보이며 "아, 이 도시는 이쪽 방향으로 발전하고 있구나!" 하고 거리의 변화를 알 수 있다.

만일 그 거리에서 장사를 하던가, 집을 장만한다면 새로 발전해 나가는 방향, 아직까지 인기가 드문 지역에 땅을 준비할 것이다. 값이 쌀 때 사두면 금방 빈 곳이 메워져서 사람도 많아지고 땅값도 단기간에 상승될 것이 확실히 내다보이기 때문이다.

그런데 그곳에 오래 살고 있는 사람은 거리의 사정을 잘 알고, 자기가 살고 있는 고정된 위치에서 사물을 보는 버릇이 남아있으므로 새로운 변화를 승인하려고 하지 않는다.

"다들 그런 소리를 하고 있지만, 우리는 옛날부터 이 가게에서 장사를 해 왔단 말이야. 그래도 충분히 먹고 살아온 걸."

하고 완강히 저항한다.

아무리 저항해 봐도 사람이 다니지 않게 된 곳에서의 장사는 점점 오그라들게 마련이다. 어쩌다가 세계적인 동시 불황의 때인 만큼 장사가 잘 안 되는 것을 그 탓으로 돌리고 자기들만이 외톨이가 된 것에 대해서는 외면해 버린다.

▣ 당신의 목표는 돈을 버는 일인가?

당신의 목표가 돈을 버는 일에 있다면, 그것을 방해하는 당신의 약점을 찾아내서 없애야 한다. 조급하게 결말을 보려는 성급한 사람이 돈을 벌려면 우선 인내하는 끈기부터 길러야 한다. 인내력을 가지고 성취 의욕을 기르면 얻고자 하는 것을 가질 수 있다. 일이 잘 되지 않는 곳을 살펴보라. 그러면 왜 그 일이 안 되는가를 깨닫게 될 것이다.

50 | 의와 주에서 식으로

■

실패는 다리와 같다. 극한 상황을 견디지 못한
사람은 다리 한복판에서 밑으로 떨어지는 죽음을
선택하지만, 그 다리 건너편에는 새로운 세계가
기다리고 있다는 것을 알고 있는 사람도 있다.

똑같은 이야기를 다른 업종에 비유해 볼 수 있다.

할인매장 진출에 유사한 품목의 상품을 팔고 있는 상점가의 영세업
자는 거의 다 핀치에 몰려있다. 폐점한 사람도 적지 않지만 남아 있는
점포도 매상이 격감해서 숨을 헐떡이고 있는 상태다.

이러한 업종의 영세자에게 고기의 통로는 이미 자기의 점포에서 다
른 곳으로 옮겨간 것과 다름 없다.

그러나 상태가 좋지 않게 된 것은 영세업자 뿐만이 아니다. 소비자
의 구매 심리에 변화가 생기게 되면 대형할인매장도 예외는 아니며
고기가 다니지 않게 된 어장에서 낚시를 하고 있는 것과 같은 업종에
는 똑같이 불황이 내습해 오게 마련이다.

예를 들면 가구점은 전에 성장 산업이었고 건축 붐과 함께 확대일
로를 걸어왔다. 우선 대중적인 제품이 팔리고 있어서 고급 기호에서
또한번의 붐이 있었다. 또 고풍의 결혼 가구를 샀던 사람도 도시의 단

지나 맨션의 규격에 어울리지 않으므로 신혼부부가 도시에서 살게 되면 맨션 규격에 맞는 가구로 바꾸지 않으면 안 되게 되었다.

그 때마다 가구공장은 양산에 박차를 가해서 그 중에는 수백 억 원대의 연간 매출을 올리는 업체도 있었다.

그러나 건축 붐이 한 바퀴 돌아가고 집안이 새 가구로 교체되고 바뀌게 되면 다음은 수요가 둔화되고 웬만한 고급가구로 바꿀 생각이 일어나지 않는 한은 가구를 살 사람이 줄어든다.

내가 알고 있는 종합 가구회사 중에는 자동차 제조공장 못지 않을 정도의 생산 공정을 자동화한 업체도 있지만, 지금은 생산 능력이 과잉이 되어 저속 가동을 하지 않으면 안 되게 되었다. 조업도가 내려가면 채산이 깨지는 것이 공업 생산의 상식이므로 코스트다운을 도모하려면 재고가 늘고 재고를 처리하자니 덤핑이 일어난다. 백화점이나 회사 직영 매장에서 가구의 바겐세일을 거듭 개최하게 된 것은 이러한 사정과 관계가 있다고 보아야 할 것이다.

예컨대 백화점의 의류판매장을 보고 있으면 실용품이 한쪽 구석으로 밀려나고 브랜드 상품이 큰 자리를 찾지 하고 있다. 할인점의 경우도 지금까지 실용품이 주류를 차지해 왔고, 새삼스럽게 브랜드 상품으로 바꾸려 해도 메이커가 요구대로 상품 제공에 응해 줄 것 같지도 않으므로 다소 고급화는 살 수 있지만, 실용품의 이미지에서 벗어날 수 없다. 따라서 메이커의 생산 과잉을 그대로 반영하는 것이 되어 이전에 달러 박스였던 것이 '이익이 적은' 매장으로 전락해 버릴 가능성이 높아진다.

특히 백화점과 경합 관계에 있는 대형유통점은 적자를 강요당하게 되므로 실용품 매장을 축소해서 전문화하는 수밖에 없다.

지방의 중형매장이 중앙의 대형에게 먹히고 이어서 대형할인점 스스로 변질해서 백화점 규모에 가깝게 되든가, 반대로 쇼핑센터화하던가 하지 않는 한 의류품만으로는 채산이 맞지 않게 된다.

한편 백화점은 패션화에 한층 더 박차를 가하게 되지만, 그 부작용으로 진열된 패션 제품이 재고로 활용되는 경우가 많아 오히려 실용품과 같은 취급을 받게 된다.

또한 브랜드 상품의 보급에 의하여 옛날에 만든 고급 상품이 진열대에서 밀려나며 구매력을 잃게 된다. 패션의 사이클을 빨리 회전시키려고 하면 새 것으로 바뀌기도 전에 지금 판매하고 있는 것이 다음의 패션으로 전락될 우려가 있다.

넥타이를 보더라도 한때 넓은 것을 유행시켰다가 이어서 좁은 것으로 변화시키는 것에는 성공했지만, 그 뒤가 이어지지 못해 채산을 맞추지 못했다. 좁지도 않고 넓지도 않는 것이 넥타이의 상식으로 되어 버렸지만, 이것은 양복 깃의 폭에 대해서도 마찬가지다. 아무리 디자이너가 자기들이 생각하는 방향으로 유도하고 싶어도 소비자 측이 현명해져서 "아, 그거다." 하고 따라 와 주지를 않는다.

그렇다고 하면 패션 쪽이 소비자한테서 중단 요청을 강요당하는 일도 일어날 것이고, 패션이 가지고 있는 부가가치가 심한 경쟁에 의하여 하락된다던지, 과잉 생산으로 메이커가 도태되는 일까지 발생한다. 패션이 가지는 매력은 이 후에도 물건에서 멀리 하려는 소비자를 끌어당기는 중개 역할을 하는 것에는 변함이 없지만, 지금까지와 같은 위세는 없어지게 되는 것이 아닐까.

의식주 중에서 '의衣'도 '주住'도 거의 부족함이 없어져 버리면 뒤에 남은 것은 '식食'뿐이라는 답이 나온다. '식'은 위의 크기에 제약을 받으므로 그것이 농업국의 번영에 제동을 걸었다고 하는 말도 있지만, 공업생산이 신장될 만큼 포화점에 가까워지면 드디어 국가 전체의 번영에 제동이 걸리게 된다는 사실도 생각해 볼 일이다.

적어도 '물건을 만든다'고 하는 면에서는 팔리지 않는 것을 무리하게 계속 만들어 낼 수는 없으므로 마침내 정체 상태에 들어간다. 정체한다고 해도 완전히 정지되는 것은 아니며 또 내용도 같다고 할 수는 없지만 생산을 해마다 늘려나가지 않으면 채산이 맞지 않는 체제에서의 개혁은 무리에 따르게 마련이다. 이에 같은 매장으로도 이익을 올릴 수 있는 체제 확립이 요청된다.

'부'의 증대에 많은 공헌을 해 온 '의'도, '주'도 그다지 늘지 않는다고 하면, '식'을 크게 보지 않을 수 없게 된다. 식은 위에 제약을 받을지 모르지만, 먹고 난 후에 다시 배가 고파져서 식욕이 생긴다. 의식주 중에서 식이 갖는 소모성에 싫증이 나지 않는 기업으로 주목 대상이 될 시대가 다시 찾아 오고 있다.

▣ 휴식을 취하면서 자신을 찾는다

마음의 안정을 얻으려면 먼저 육체를 편안히 쉬도록 해야 한다. 가벼운 달리기나 줄넘기, 요가 등 손쉬운 운동을 생활에 끌여들어 매일 땀을 흘리면 상쾌해질 것이다. 특히 감정적인 성격을 지닌 사람은 깊은 심호흡 운동을 권하고 싶다. 기분이 울적하면 무슨 일이든 감정적으로 처리하기 쉽다. 피로가 쌓이지 않도록 자신의 장점을 살려 자기답게 일하며 스스로 삶의 방향을 찾아 주위를 살펴볼 여유를 가져야 한다.

51 | 낚이지 않을 때는 어장을 바꿔라

현장 경영의 핵심은 현장 체험, 현장 회의, 현장
결재, 현장 처리 등이 있으며, 경영자는 항상
그 중심에 서 있어야 한다.

식이라는 영역은 가장 역사가 깊은 분야이며, 그만큼 개발이 늦은 쪽이기도 하다. 역사가 깊은 만큼 보수적인 기풍이 강하고 식의 혁명을 가져오게 하는 것은 용이한 일이 아니다.

예를 들면 쌀밥에 인이 박힌 사람들을 빵이나 국수로 바꾼다는 것은 대단히 어려운 일이다. 인스턴트 라면의 돌풍에도 '식생활의 혁명은 어렵다'고 통감하고 있었으므로 오늘과 같은 더 이상의 신장은 없을 것이라는 한계를 예측하고 있다.

또 한국인의 빵에 대한 기호는 초등학교 급식으로 대용한 것이 계기가 되었지만, 그렇더라도 소맥 생산에 열악한 나라가 쌀밥에서 빵식으로 전환시킨 일은 역사상 그 전례를 볼 수 없는 현상이다.

또 우리 나라는 농업국에서 공업국으로 전환하는 과정에서 농업이 공업화에 힘을 쏟았을 뿐만 아니라, 농산물 가공이나 저장 기술을 선진국에서 배웠기 때문에 냉동식품도 받아들일 수 있게 되었다. 또

햄·소세지와 같은 육제품이 국민의 일상식품이 되자 작은 정육 공장을 하던 사람들이 연간 3천억 원이나 매상을 올리는 일대 메이커로까지 성장한다고 하는 놀랄 만한 변화도 일어났다.

식생활에 있어서의 혁명적인 변화는 경제 성장이 침체된 작금에서도 계속되고 있으며, 한편으로 분식점의 김밥에서 전통 음식 한 가지만을 내세워 대중의 입맛을 사로잡는 새로운 식생활 연구가 진행되고 있다.

어떤 시기는 메이커 제품의 위세가 시장을 장악하여 맥주, 소주, 비스켓, 캐러멜, 초코렛 등의 과자류에 이르기까지 독점 상태였지만, 이윽고 개성의 선별화가 시작되어 작아도 특징 있는 회사의 제품이라든가, 옛부터 상호를 지켜온 수제품, 어머니의 손맛이라고 하는 향수를 유혹하는 재래식 제품을 찾는 경향이 높아졌다.

술하면 몇 개 회사의 제품 밖에 없다고 우리들은 생각하고 있지만, 살펴보면 지역별로 그 지방 전통적인 주류가 얼마나 많은 지 놀라지 않을 수 없다.

그렇다고 하면, 의식주 중에서 아직도 끼어들 여지를 가지고 있는 것은 식의 분야라고 할 수 있다. 더욱이 반 매스프로가 이만큼 강력하게 작용하고 있는 분야도 달리 없으므로 제조, 유통. 서비스의 전 과정을 통하여 이제부터는 사람과 돈을 집중시키는 방향은 식을 산업화시키는 일이며, 또한 장사의 미개척 분야로 식밖에 남아 있지 않다고 할 수 있지 않을까.

백화점은 물론 대형유통업체도 이를 눈치채지 못했을 리 없다. 따라서 이제부터는 총력을 기울여 이 방면에 눈길을 돌려 상품화 개발에 투자해 볼 일이다. 이들 대형유통업체가 식품에 힘을 쏟으면 식품의 고급화가 일어난다. 식품의 고급화는 개성과 선별 위에서 구축되므로 거기에 특성을 가진 중소기업의 협력 없이는 성립되지 못한다는 조건이 요구되는 강점이 있다.

이렇게 보면, 고기가 잘 물리지 않으면 어장을 바꿔보는 것이 첫째이다. 오래 된 곳에서도 잡히지 않으면 물고기의 새 이동 통로를 찾아내면 된다는 이론이 그 해답이다.

◼ 실패는 성공의 기회다

실패의 경험을 모르는 사람은 존재의 이유를 알지 못한다. 역경과 실패를 극복한 사람들의 공통점은 실패에 도전하여 그것을 좋은 경험으로 삼고 성공에 이르는 발판으로 삼는다는 것이다. 그러므로 실패에서 모든 교훈을 얻은 다음, 비로소 실패를 잊어야 한다.

　누가 인생을 'one way Ticket'이라고 했던가?

　어머니로부터 새 생명을 이어받아 힘찬 울음을 토해 내며 알몸으로 이 세상과의 첫 만남, 그 순간부터 한 인간의 위대한 삶의 여정은 시작된다.

　시간의 강물을 타고 아침 풀잎에 맺힌 이슬방울 같은 생명이 지혜의 빛을 받으면서 이성은 자란다. 그와 함께 그의 내면에서는 또 다른 야망과 욕망의 불길로 아직은 불문명한 꿈을 예감한다.

　그 꿈은 성공과 행복이라는 축제를 연출하는 신기루이다. 화려한 빛깔, 때로는 절망의 어두운 표정으로 안내자 없는 신기루는 인간의 격렬한 도전을 요구한다. 도전은 피나는 경쟁과 노력을 필요로 하는 생존의 수단이다.

　수단은 결과를 낳는다. 그 결과에 의해 인간은 승자와 패자로 엇갈린다. 그 차이는 천국과 지옥 만큼이나 삶의 영역을 좌우한다. 그러므로 성공이라는 화려한 길을 미친 듯이 달리고 싶은 불꽃 같은 욕망을 참을 수 없다면, 지금 당장 미지의 벌판을 향해 뒤도 돌아보지 말고 달려가야 할 것이다.

이 세상은 아무 것도 하지 않고 망설이고 있는 사람에게는 성공의 열매를 따게 하는 기회를 주지 않는다.

몇 년 전에 작고한 H그룹의 J회장은 "일이 하고 싶어서 한밤중에 일어나 옷부터 입고 창밖의 새벽을 기다렸다."고 자서전에 술회할 만큼 보통의 사람들과는 다른 면모를 보여 주고 있다.

바로 이 시간에도 서점 앞 길거리에 10년이 넘도록 작은 좌판을 펼쳐 놓고 오뚝이처럼 앉아 있는 초로의 박씨, 얼마 전까지만 해도 유명 화장품 회사 대리점으로 거리를 화려하게 장식했던 나비사장(그의 별명)은 부도를 내고 날개를 접은 채 교도소에 수감 중이다. 문방구를 평생 직업으로 하루도 빠짐없이 가게문을 여는 거리의 맏형 격인 고등학교 정선배의 아들은 대학 졸업 후 일류 기업인 S전자에 입사했고, 딸은 한의사로 장성하였지만, 오늘도 열심히 살아가는 모습이 존경스럽기까지 하다.

이렇듯 가까운 이웃들의 '삶의 이력서'가 이 책의 주요 내용이다. 한 가지 분명한 것은 사업의 규모에 관계없이 경영자의 인생은 외롭고 고통스러운, 성공과 실패가 윤회처럼 반복되는 길이라는 사실은 분명한 것 같다.

아무쪼록 이 작은 책이 사업에 실패하여 좌절하는 이들에게 위안과 용기를 주어 재출발을 다짐하는 계기로, 비록 지금은 안정된 사업을 하고 있으나 예고없이 찾아오는 도산이란 불청객을 퇴치하는 경영의 항로에 작은 길잡이가 되었으면 하는 바램이다.

2014년 여름을 보내면서
엮은이 씀.